La sonrisa vertical

*Colección de Erótica dirigida
por Luis G. Berlanga*

Isabel Franc

Entre todas las mujeres

TUSQUETS
EDITORES

1.ª edición: septiembre 1992

Diseño de la colección: Clotet-Tusquets
Diseño de la cubierta: MBM
Reservados todos los derechos de esta edición para
Tusquets Editores, S.A. - Iradier, 24, bajos - 08017 Barcelona
ISBN: 84-7223-495-9
Depósito legal: B. 21.573-1992
Fotocomposición: Foinsa - Passatge Gaiolà, 13-15 - 08013 Barcelona
Impreso sobre papel Offset-F Crudo de Leizarán, S.A. - Guipúzcoa
Libergraf, S.A. - Constitución, 19 - 08014 Barcelona
Impreso en España

A Claudine

Y a mis cómplices

¡Oh hermanas! ¿Cómo os podré yo decir la riqueza y tesoros y deleites que hay en las quintas Moradas?

Santa Teresa de Jesús

1

Cuando desperté era aún noche cerrada y un pájaro
cantaba. Pensé que se había equivocado. Antes, aquel
lugar había sido un bosque, un enorme y frondoso bosque habitado por especies de todo tipo. Todo debía de
ser un bosque en ese antes indefinible. Su canto me
recordó el valle del Gave, los extensos prados y el silbido de miles y miles de pájaros. El que ahora cantaba
debía de ser uno de los pocos que se salvó de la masa-
cre y, cada noche, seguramente, repetía la misma ceremonia. Al anochecer, se dormía rendido después de la
jornada y durante unas cuantas horas permanecía en ese
sueño profundo, infranqueable. Pero después del necesario descanso, cuando entraba ya en la duermevela,
algún ruido repentino le despertaba —tal vez el motor
de un coche o los taconazos, risas y traspiés de una pa-
reja que regresaba a casa de madrugada, o el lamento
de un perro abandonado que aullaba su soledad a la
luna—. El pájaro, seguramente, se despertaba sobresal-
tado, abría los ojos y, confundido por la iluminación del
barrio y el resplandor del alumbrado a la entrada de la
autopista, empezaba a cantar. Cuando aquello era un
bosque, la noche era negra, completamente negra en el
rincón de su nido. «Está amaneciendo», debió de ex-
clamar aturdido por las luces. «No es posible, está ama-

neciendo y yo aquí, dormido como un zángano.» Entonces empezada su canto dulce y monótono, cantaba y cantaba y, probablemente, se quedaba semidormido esperando el verdadero amanecer.

A mí me sucedió como a ese pájaro. Cuando desperté era de noche en el recuerdo y algunas luces me confundieron. Inicié entonces este peregrinar por los confines del tiempo, del antes y el ahora, de un antes que se duplica y se confunde. Pero he visto claro. Una revelación divina, la iluminación, el inicio del camino. Pongo en orden mi vida, esta vida, y veo todo el cúmulo de señales, indicios de lo que fue, pautas para entender. Si al tío Andrés no le hubieran cosido la barriga y un psiquiatra iluminado no me hubiera dicho que me enamorara de la Virgen, ahora nada tendría sentido. Veo las imágenes fosforescentes en la mesilla de noche y el pollo de todos los domingos; el mes de mayo con sus cánticos —mes de María—; mi comunión vestida de Bernadeta con el velo blanco y el hábito blanco también, y el escapulario y las sandalias, sin ningún lujo, como antes fue, nada de medallas ni nomeolvides de oro ni guantes de nailon, sólo un misal, de buena edición, pero sencillo, y un rosario de plástico con olor a rosas. ¡Qué casualidad que yo fuera vestida de Bernadeta!, la única de mi colegio. Entonces sentí vergüenza y humillación. ¡Qué diferentes se ven las cosas cuando una es ignorante! Y, más tarde, los cursillos de cristiandad, la congregación mariana, las hermanas del Sagrado Corazón y el Club de Amigos del Pedal de Badalona, donde estaba José María, mi director espiritual. Nada es gratuito, ahora me doy cuenta, y la casualidad no existe.

El tío Andrés empezó a encontrarse mal una tarde

de domingo, precisamente, y 'todos le echaron la culpa al pollo. «A ver cuándo pones conejo», le dijo a la tía en su febril agonía. Pero los médicos diagnosticaron algo más grave, que nada tenía que ver con el pollo mal cocinado de todos los fines de semana, y se lo llevaron al hospital. Era un hombre beato y fuerte, pero sabía que, a pesar de su fortaleza, tenía pocas probabilidades de seguir comiendo pollo y prefirió encomendarse a su beatismo. Devoto como nadie de la Virgen María, se entregó a ella mientras era conducido hacia una sala de operaciones donde un galeno y su séquito de enfermeras abrirían su cuerpo para extraerle el mal. En un acto de fe inmensa, hizo la promesa de partir en peregrinación hacia el santuario de Nuestra Señora de Lourdes todos los años que le quedaran de vida. En agradecimiento a la Virgen por haberle salvado, acompañaría a los enfermos para darles coraje y ánimo, y avivar su fe con el ejemplo, ya que en su propio ser se habría obrado el milagro.

Y le quitaron el mal, y se salvó, y cumplió su promesa.

Así fue como la casa (y en especial mi habitación) se llenó de *souvenirs* fácilmente renovables de año en año, que, por lo general se acumulaban invadiendo todos los rincones. El tío Andrés acudía gozoso y contento a su cita anual con el brazo enfundado en un brazalete distintivo. Al regresar, reunía a toda la familia y nos enseñaba las diapositivas. Era la misma tarde en que nos entregaba los *souvenirs*, un domingo, casi siempre, después del pollo. Mientras la tía servía el café y las pastas, él preparaba el proyector y los carros, iba mirando al trasluz las diapositivas una a una, las ordenaba con metódica pasión, cuidaba de que todas estu-

vieran en la posición correcta —aunque después siempre
había alguna rebelde que salía boca abajo y provocaba
las risas de mi prima y las mías, y su histérica reprimenda—. Luego quitaba el cuadro de la pared, un paisaje
enorme con dos perros y un ciervo, apagaba las luces y
empezaba la sesión. En el muro blanco, aparecía un mar
de lisiados, tullidos, enfermos desahuciados cubriendo
la explanada del santuario; el tío en acción, siempre gor-
dito y siempre con una sonrisa en los labios, transpor-
tando camillas, ayudando al baño milagroso, dando de
comer —o lo que hiciera falta, decía él— y rezando; muchas monjas, enfermeras eventuales, niños contrahechos
y madres desesperadas. Solía tirar dos carretes, aunque
algunos años veíamos también las del viaje anterior.
La reunión se alargaba hasta la hora de la merienda.
Recuerdo que en medio de todas las diapositivas siempre
salía una manchita negra que aparecía en los lugares
más improcedentes: la nariz del tío, la lengua de un enfermo a punto de recibir la santa hostia o el culo de la
señora que se inclinaba para besar los pies de la Virgen. Cada nueva diapositiva creaba la incógnita. ¿Dónde
saldría el clavito del cuadro que había quedado allí, guardián de la pared, como un testigo inoportuno? Era lo
que más me gustaba de la reunión.

Al encenderse de nuevo las luces venía la entrega
de regalos con gran algarabía por parte del tío Andrés.
Siempre eran variaciones sobre el mismo tema: medallas azules con la imagen de la Virgen, bolitas de cristal
con figuritas dentro que al girarlas levantaban una lluvia de nieve artificial, estampas, pequeños recipientes
conteniendo agua bendita, más medallas, escapularios,
los famosos rosarios con olor a rosa y figuritas fosforescentes. Una de esas estatuillas presidía mi mesilla de

noche. Era pequeña. Si la rodeaba con mi mano, apenas asomaba la cabeza. Ella fue testigo de mis primeros encuentros con el amor solitario. En la oscuridad de mi habitación, cuando sólo se oía el trajinar de las vecinas fregando los platos de la cena y apenas un hilo de luz rozaba mi ventana, su fosforescencia resplandecía. Un cosquilleo, hasta entonces desconocido, me invadía y mi mano, guiada por una extraña fuerza, bajaba hasta los confines de un pubis aún tierno y despoblado y lo acariciaba con fruición. Noche tras noche se repetía esa ceremonia, de tal forma que sólo ver el resplandor de mi pequeña estatuilla ya mis bragas se mojaban, me hervía la sangre y mi mano se desplazaba. En pocos minutos, conseguía aquella sacudida milagrosa que alborotaba todo mi cuerpo.

He aquí la primera señal. ¿Es casual acaso que la Virgen de Lourdes presidiera mis primeras masturbaciones? Ella me acompañó en el descubrimiento del placer y de mi cuerpo durante años. Cuando la cama se agitaba, allí estaba su luz resplandeciente, su mirada. ¿Quién guiaba mi mano?

Hice la comunión, como ya he dicho, vestida de Bernadeta. Aquél fue para mí un día amargo, incomprensible, que no quiero recordar, pero me veo obligada a destacarlo ya que —de nuevo la casualidad— yo era la única niña del colegio que lucía ese atuendo. Las otras llevaban hermosos trajes de encaje blanco, lucían joyas y relojes nuevos, zapatos de charol y hermosos misales con el filo de las hojas dorado. Eramos doce niñas de una pequeña escuela privada situada en un piso, sin patio y con sólo tres aulas: la de las párvulas, la de primaria y la de las mayores (ingreso al bachillerato y secretariado comercial). Ahora, en su lugar, hay una tienda de electrodomésticos y aparatos de alta fidelidad y un videoclub.

Al año siguiente de la comunión, las doce niñas entrábamos a formar parte del coro del colegio. Cantábamos salmos en los ejercicios espirituales y canciones a la Virgen durante el mes de mayo:

—Veniid y vaamos tooodas, con floores aa Maríía, con flores aa Maríía, que madre nuestra es.

Ya entonces sentía una especial atracción por las niñas mayores. Me gustaba ver sus pechos realzados por los primeros sujetadores y su coqueteo altivo. Estar en el coro era para mí un espectáculo y casi un privilegio. Allí fue donde conocí a mi amiga Lourdes (no pienso hacer comentarios acerca de su nombre); no era de las que más me gustaba, pero compartía con ella algunas secretas inclinaciones. Era dos años mayor que yo, estaba en ingreso. Al salir de la escuela cogíamos el mismo camino para ir a casa y un día nos hablamos.

—Tú estás en el coro —dije a modo de introducción.

—Sí, claro —contestó ella—, estoy en ingreso.

—...

—Tú has entrado este año, ¿no? —siguió.

—Sí, claro —contesté en el mismo tono que ella—, hice la comunión el año pasado.

No dijimos nada más hasta llegar a la esquina de mi calle, donde nos separamos.

—Adiós.

—Adiós.

Pero me sentí muy importante por haber entablado

conversación con una de las mayores. Ella me descubrió todas esas «cosas de la vida» que, cuando te enteras, te dejan con la boca abierta hasta entrada la madurez: qué era la regla, de dónde venían los niños, qué significaba «hacer el amor»... Cada tarde nos esperábamos a la salida de la escuela y hacíamos el camino de regreso conversando. Creo que, en el fondo, se sentía responsable de mi información sobre ese tipo de temas de los que ella estaba tan al corriente.

—¿Tú ya tienes la regla? —me preguntó un día.

—¿El qué?

—La regla.

En aquel momento pensé que se refería a uno de los artilugios que usábamos en la clase de dibujo, pero conforme Lourdes seguía hablando me iba dando cuenta de que mis canales informativos sufrían graves anomalías.

—Es lo que te viene para ser mujer. Un día te sale sangre y ya siempre te sale sangre hasta que te mueres o eres muy vieja.

—¿Sangre? ¿De dónde? —pregunté no sin cierto temor a pesar de la tranquilidad con la que mi amiga me lo explicaba.

—De abajo.

—¿De abajo?

—Sí.

—¿Dónde?

—Del agujero. Tenemos tres agujeros, uno por donde sale el pipí, otro por donde sale la caca y otro por donde sale la regla. ¿A ti no se te ensucian las bragas con una cosa blanca como un moco?

—Sí, a veces.

—Se llama «flojo» y sale por el mismo agujero que la regla.

Nos quedamos en silencio unos segundos. Mi desconcierto era tal que ni siquiera podía sentir angustia.

—¿Y has dicho que te sale sangre toda la vida?

—Sí, pero no todos los días, sólo una semana al mes. Se llama la «mala semana». Te pones una compresa para no ensuciar y ya está, pero durante esa semana no te puedes bañar, ni lavarte la cabeza ni beber cosas frías.

En los días que siguieron, se me acumularon un montón de interrogantes que Lourdes siempre me aclaraba complacida de poder instruirme. El camino hasta casa se nos hacía corto y empezamos a merendar juntas, casi cada tarde, en su habitación, donde además podíamos completar las informaciones con documentos gráficos y hasta realizar algún que otro juego secreto.

—Mira lo que he conseguido —dijo sacando una revista de debajo del colchón. En una de las páginas aparecía un hombre desnudo. Era la primera vez que veía un pene y sentí repugnancia.

—¿Qué es eso? —exclamé.

—La titola —sentenció ella sin inmutarse—, lo de los hombres. Se llama titola o polla o pene, y esto de aquí son los huevos, que también se llaman testículos o cojones.

—¿Tantos nombres para una cosa tan fea?

—Sí —suspiró—, a mí tampoco me gusta. Creo que no me voy a casar nunca, no quiero que nadie me meta eso dentro.

De nuevo, mi radar detectó una anomalía en el sistema de información sobre cosas de la vida.

—¿Meter dentro de qué el qué? —interrogué titubeante.

—¡Ah!, pero bueno —exclamó—. ¿Tampoco sabes cómo se hacen los niños?

—Sé que los niños salen de la madre —repuse un poco ofendida, al menos eso sí lo sabía.

—¿Y quién se los mete? —preguntó con cierto retintín, pero enseguida continuó con serenidad—. Bueno, no te preocupes, es normal que no lo sepas porque aún eres pequeña.

Su dulzura era tal que no podía molestarme por aquella afirmación. Y además tenía razón, Lourdes era mucho mayor que yo. Preferí no reivindicar nada y atender a sus explicaciones.

—Para hacer un niño, la noche de bodas, el hombre mete su pene en el agujero de abajo de la mujer.

—¿Qué agujero? —me atreví a preguntar, ya que, habiendo tantos, la cosa no estaba tan clara.

—El de la reeegla —suspiró—. Para eso se tiene, para poder tener niños. Y por eso, cuando ya la tienes has de andarte con mucho cuidado con los chicos porque puedes quedarte embarazada. Algunas niñas de mi clase dicen que no tienes que dejar ni que te besen, pero no es cierto, lo único que tienes que impedir es que te metan la titola en el agujero. Eso se llama hacer el amor. El hombre mete el pene y lo saca y lo vuelve a meter. Por eso, cuando un niño quiere hacerte una broma guarra te pregunta si quieres jugar al juego del «metesaca» —esperó unos segundos y prosiguió con cierta resignación—. Bueno —dijo—, yo ya lo he decidido, no pienso casarme.

—Yo tampoco —dije con voz temblorosa apartando la mirada de la revista.

A las dos nos gustaba mucho ir al coro. Cantar nos elevaba el espíritu y en los descansos podíamos criticar a las otras niñas, destacar las novedades, comentar nuestras preferencias e incluso aprovechar para manosearnos. Estábamos al tanto de los períodos menstruales de todas ellas, de quién usaba sujetador o se pintaba al salir de la escuela porque le gustaba un chico, y de quién, sobre todo, no parecía tener intención de gustar a los chicos. Además, nos recreábamos siguiendo los pasos del sacristán, un jovencito de ostensible cojera, que a Lourdes le atraía de forma muy particular.

—Cuando le veo siento una cosa rara —me decía—. Pobre hombre, deberíamos rezar para que su pierna se ponga bien y sea un chico como los demás.

De ahí salió uno de nuestros juegos favoritos. Hasta entonces, el que más nos gustaba era el de los médicos, donde podíamos realizar toda suerte de toqueteos. A Lourdes, que llegó a estar realmente obsesionada con el sacristán, se le ocurrió un juego nuevo: el del milagro. Una de nosotras representaba el papel del sacristán cojo que venía a la iglesia a orar ante una santa; la otra era la santa, quien, compadecida por la bondad y ternura del sacristán, lo sanaba. Por lo general, Lourdes era el sacristán y yo la santa, pero a veces intercambiábamos los papeles y debo reconocer que el rijoso movimiento de mis piernas acercándome a ella, subida en una silla con las manos unidas y la mirada perdida, el sinuoso vaivén al caminar y las dificultosas maniobras para inclinarme ante su altar resultaban de lo más excitante. Mientras el sacristán rezaba, la santa colocaba una mano sobre su cabeza y, con gran solemnidad, le decía: «Hijo, túmbate». El sacristán se tendía en el suelo con las manos recogidas sobre el pecho y la santa bajaba de su pedestal para arrodillarse junto a él. Pasaba su mano repetidas veces por la pierna enferma y por la sana, llegaba hasta la ingle —ahí el chico empezaba a sentir una turbadora alteración—. La santa restregaba sus manos con pasión entre las piernas del muchacho repitiendo: «Te curarás, te curarás». Y el sacristán movía sus caderas arriba y abajo mientras recitaba una retahíla de súplicas: «Cúrame, te lo ruego, por favor, quiero curarme, hazlo, sigue, quiero curarme»..., hasta que sentía que algo cambiaba en su cuerpo. Sus piernas se agitaban con energía, su pecho se abría, sudaba, su corazón palpitaba con más fuerza que nunca y una sacudida eléctrica le recorría las entrañas: «¡Estoy curado», exclamaba entonces entre sollozos, «estoy curado, gracias, estoy curado!»..., y se fundía en un profundo abrazo con la santa.

Al acabar la escolaridad, la familia de Lourdes se trasladó a otra ciudad y dejamos de vernos. Nos escribimos algunas cartas y tuvimos un extraño encuentro, al cabo más o menos de un año, en el que no supimos qué decirnos. En poco tiempo perdimos el contacto definitivamente y yo me sentí sola por primera vez. No conocía a nadie en el instituto, que al lado de mi pequeña escuela, me parecía un monstruo, una especie de fortaleza armada, llena de puertas, pasillos y gente que te arrastraba como la corriente imparable de una inundación. Entraba en mi adolescencia y me sentía presa de un irresistible amor a las mujeres. A menudo acudía a las librerías de viejo buscando manuales de sexualidad —que entonces eran difíciles de encontrar y siempre reaccionarios— para saber y entender qué era lo que me pasaba y por qué debía ocultarlo. Pronto me enteré, ya que ese apartado, el que más me interesaba, aparecía siempre en el capítulo de desviaciones, aberraciones sexuales o anormalidad. Estaba sola, me daba miedo iniciar amistades y me sentía diferente.

De nuevo el tío Andrés vino a solucionarme la papeleta. Los domingos seguíamos yendo a su casa a comer el pollo. Una tarde invitaron al café a José María, un joven seminarista con bambas, ágil, miope y flaco, de nuez muy marcada y amplia sonrisa equina. El llenó mi vida social hasta que me fui de casa. Era muy aficionado a la bicicleta y por ahí inició la conversación cuando los mayores nos dejaron solos a los jóvenes —mi prima, José María y yo— para que habláramos de nuestras cosas. Más tarde me enteré de que todo había sido una maniobra urdida por el tío Andrés para encarrilarme. Temía por mi futuro de oveja descarriada consciente de que la mía no era, precisamente, un modelo de familia cristiana. «Esta chica necesita compañías sanas y un buen ejemplo, ya que en su casa no se lo dan», le oí decir alguna vez. Pretendía que me metiera en grupos de acción católica, igual que mi prima, y, como era su costumbre, lo consiguió. Pero nunca logró que yo fuera de enfermera a Lourdes. Tal vez hubo un fallo en la ordenación del destino o quizás estaba escrito que no debía tener una revelación a tan tierna edad. Sea como fuere, la cuestión es que me metí de nuevo en vereda.

José María me invitó a unirme al Club de Amigos del Pedal, del que él era socio. A mí también me gustaba la bicicleta, así que aquélla me pareció una buena forma de llenar los sábados, a pesar de que intuía la maniobra de mi tío. Solíamos pedalear por la carretera del Maresme y a veces llegábamos hasta Mataró o incluso hasta Arenys. Su estilo de monje seglar no me gustaba mucho, pero se portaba muy bien conmigo y yo invertía mi soledad en una actividad agradable. Al poco tiempo me habló del grupo. El salía con un grupo de chicos y chicas, todos muy majos y muy sanos, que hacían fiestas, excursiones, iban al cine; y también se encontraban para actividades de apostolado y cónclaves religiosos (esto último me lo dijo un poco más tarde). De este modo y sin saber muy bien por qué, mientras mi país se rebelaba contra el oscuro poder de la religión en plena dictadura, yo me vi de nuevo arrastrada por ese carro de iglesias y vírgenes, que no me resultaba desconocido y, ahora sé por qué, me ha perseguido toda mi vida. De ahí pasé a los cursillos de cristiandad, la congregación mariana los miércoles por la tarde, la guardia de las Hijas de María un sábado al mes y el doctor San Hilario.

Las excursiones me gustaban, dormíamos chicos con chicos y chicas con chicas (aunque el panorama monjil de las chicas del grupo no era lo que se dice muy libidinoso); las fiestas y salidas al cine llenaban esos huecos muertos que representaban entonces para mí los fines de semana; las actividades de apostolado las hacía por pura inercia. En general, me aburría con ellos, pero era lo único que tenía. Mientras tanto, en el instituto los ojos se me perdían tras las piernas de la profesora de literatura, los enormes pechos de la de filosofía y los ojos azules, como dos gotas del Mediterráneo, de mi compañera de pupitre. Un día me decidí a hablar con José María sobre el tema. Al fin y al cabo, él era mi consejero espiritual. Le dije lo que me sucedía sin entrar en demasiados detalles. El me escuchó, como era su costumbre, con la expresión grave del que tiene la responsabilidad de aconsejar. Los brazos cruzados, la cabeza gacha, la mirada perdida en el suelo. Escuchó sin interrumpirme, con atención y recogimiento. Al finalizar, sólo pronunció una frase: «Ay de la que caiga en manos de una experimentada». Unos días más tarde, me llevó a un psiquiatra.

Querido doctor San Hilario, si ahora pudiera agradecerle sus palabras, si ahora pudiera rendirle honores, como merece, por tan sabia revelación...

Lo eligió con esmero aunque no tuvo que dar muchas vueltas para encontrarlo. El doctor San Hilario, psicosomatólogo según su propia definición, había criado a siete o nueve hijos (no recuerdo el número exacto pero sé que era impar), tenía el despacho en uno de los barrios más lujosos de Barcelona y pertenecía a la más grande y poderosa secta religiosa que obraba en aquellos tiempos en nuestro país (también de esto último me enteré años más tarde). Hicimos, durante un largo período, sesiones semanales. Le hablaba de mi infancia, de mis padres, del colegio, de un futuro lejano y onírico, de lo que se me ocurría... A menudo, salía el tema de las mujeres y, como yo estaba allí para redimirme o curarme o saber (en realidad, yo no tenía ni idea de por qué estaba allí, pero quería saber), reprimía mi desconfianza y le hablaba con toda claridad. El me escuchaba con aquélla que más que sonrisa era un rictus gingival y, cuando le tocaba el turno, me hablaba de la fe. Al parecer, su teoría (nada que ver con otras corrientes psicológicas tan apartadas de la mística) consistía en convertir a sus clientes en fervorosos creyentes que soportaran con resignación y, por qué no, con jovialidad las penalidades de este mundo para encontrar la paz y la felicidad en el otro. Es decir: salvar almas. Lejos de cuestionar su titularidad o su capacidad para ejercer la profesión, yo quería saber, y por eso durante tanto tiempo fui fiel a la cita y soportaba sus canónicos discursos sin pestañear. Pero aquel día no pude más. Me resulta imposible recordar cómo llegamos a ese punto, sólo tengo presente su cara iluminada, angelical, su paternal mirada, con la cabeza ladeada y un bigotito semihitleriano adornando el techo de su nacarada sonrisa. «¿Has probado», decía, «... por qué no intentas...?» Tampoco puedo recordar cuál fue exactamente la frase de introducción, creo que pronunció ambas en sendos momentos de su elocución o tal vez simplemente usó el imperativo. Era una mañana de invierno luminosa y clara de ésas que sólo el Mare Nostrum es capaz de regalar.

—Ella es —decía él mientras mi mirada atravesaba los cristales del amplio ventanal de su despacho para perderse en el intenso azul de aquel cielo de invierno—... ella es la mujer entre todas las mujeres; la más amada y la más amable; en ella encontrarás el verdadero amor, el amor más puro, puesto que no busca la satisfacción de la carne; ella te acompañará siempre, siempre te será fiel, no lo dudes, nunca te abandonará, siempre estará a tu lado para protegerte, escucharte, ayudarte y consolarte en tu sufrimiento. En ella encontrarás el camino para desatar tu amor sin temores y ella a su vez te dará el amor más grande. ¿Por qué no lo haces? ¿Por qué no lo intentas? Pruébalo, estoy seguro de que, si consigues enamorarte de la Virgen María, esa angustia que ahora te quema se convertirá en una emoción de gozo, de dicha, en el más elevado sentimiento de pureza...

El doctor San Hilario ya me había dado otras soluciones a problemas más sencillos, que, para mi desgracia, llegué a poner en práctica, pero a ésta concretamente no le veía muy bien la fórmula. Salí de su consultorio y no volví a aparecer por él. Dejé también el grupo, la congregación mariana, el Club de Amigos del Pedal, las sesiones de apostolado y el pollo de los domingos. Nadie me llamó. A los pocos meses me fui de casa. No volví a tener noticias de José María ni de ninguno de ellos, excepto en una ocasión, casi diez años más tarde.

José María compartía otra de sus grandes aficiones con Toni, un amigo del barrio que nada tenía que ver con sus inclinaciones apostólicas. Ambos eran apasionados de los trenes eléctricos. Conocían todos los modelos de locomotoras existentes en el mercado e invertían grandes sumas de dinero (en especial Toni, que carecía de problemas económicos) en adquirir las últimas miniaturas que aparecían y que eran verdaderas joyas de coleccionista. Toni había instalado en el garaje de su casa un gran complejo de maquetas por el que corrían aquellas obras de arte. Cuando estaba con él, José María se transformaba, era otro, incluso sus marcadas facciones se suavizaban, su expresión se hacía dulce y parecía un niño tierno y soñador. A mí me llamaba muchas tardes para que le acompañara, siempre había algo nuevo e interesante que mostrarme. «¿No sabes?», inquiría ilusionado, «hemos conseguido una locomotora tal» o,

«Toni ha comprado una reproducción de un vagón cual, que es una maravilla.» No puedo recordar los nombres, siempre eran extranjeros.

Para llegar hasta la sala en donde estaban las maquetas había que atravesar todo el garaje, subir unas escaleras y pasar por un pequeño pasadizo volado a unos tres o cuatro metros del suelo. A mí me daba miedo aquella pequeña altura mientras que a ellos les llenaba de una emoción insólita. Llegar hasta su tesoro era toda una aventura y yo, una de las pocas privilegiadas que tenía acceso a ella.

Una tarde, después de muchos años, encontré a Toni por casualidad. Nos metimos en un bar y estuvimos charlando durante horas. Al preguntarle por José María me dijo que, tras la muerte de su madre, con la que vivía solo desde su infancia y que ocurrió en condiciones muy dramáticas, abandonó el piso de la calle Córcega y nadie volvió a saber nada de él. Su desaparición fue muy extraña. Los que más le conocíamos sabíamos que su vida no había sido fácil y comprendíamos que debía de guardar con enorme celo sus secretos escondidos tras aquella máscara de jovialidad y buen humor. Toni dijo que la última vez que lo había visto, se había despedido de él de una forma especial, que incluso había llegado a conmoverle, y no había vuelto a aparecer por el garaje. Intentó localizarle sin ningún resultado. Había dejado su trabajo en una editorial sin dar explicaciones y, por supuesto, sin dejar señas. Me dijo también que un día, estando en la cola de un cine, había tenido una curiosa visión:

—De repente tuve esa inquietante sensación de que tienes una mirada clavada en la nuca. Me giré y vi a una mujer. Llevaba un traje azul ceñido, zapatos de tacón y un bolso de piel sintética colgado del brazo. Había algo esperpéntico en su aspecto. Su enorme boca pintada, lo exagerado de su maquillaje, sus caderas estrechas, le daban aquel aire ridículo de monigote travestido. Efectivamente, me estaba mirando con una expresión trémula y asustada. Aparté instintivamente la mirada, pero me quedé con una amarga duda. Aquella mujer me recordaba a José María, es más, tenía la absurda seguridad de que era él. Cuando me giré de nuevo para comprobarlo, había desaparecido.

Los años que siguieron al abandono del grupo y de mi actividad religiosa representan el período más oscuro de mi vida. Tan oscuro, que apenas puedo adentrarme en ese abismo y recordar qué sucedió. He estado vagando. He vivido dando tumbos intentando apartarme del lugar que me corresponde, negándome a reconocer la evidencia. Invoco, ya sin remedio, al doctor San Hilario. ¡Ay, si le hubiera hecho caso... con lo servidito en bandeja que me lo puso... qué fácil habría sido todo!

Sin embargo, he comprendido y nunca es tarde. Ahora veo claro, puedo volver atrás, mucho más atrás en el recuerdo, y entender. Signos, señales, avisos. Al final, siempre ha habido algo que me indicaba que debía regresar.

Estuve afiliada a grupos políticos de acción revolucionaria. Mi país despertaba también de un largo y forzoso letargo y el compromiso, que nunca antes había sentido, afloró en mí con la fuerza de un potro salvaje. Eran tiempos de clandestinidad, había que buscar, por tanto, los lugares más recónditos para nuestras citas y reuniones de trabajo. Algunos sacerdotes ofrecían las iglesias para celebrar asambleas, realizar encierros, o para ocultar a compañeros perseguidos por la policía. Yo era de las asiduas al disfrute de toda esta serie de colaboraciones eclesiásticas, de tal forma que me vi de nuevo rodeada, hasta la obsesión, por la inmaculada mirada de un ejército de efigies y camafeos al que llegué a temer, más incluso, que a la propia policía. Allí estaban observándome, con su mirada fría y atenta, con su recriminación latente. Vírgenes con niño en los brazos, niños con bola del mundo en las manos, madres-de-Dios de labios entreabiertos y altísima mirada. De nuevo, todas ellas a mi alrededor. Y la música de fondo de las asambleas era el murmullo del rosario que rezaban las mujeres en una capilla contigua, misterio tras misterio, ahora los de gozo, ahora los de dolor, ahora los de gloria. Y otra vez el soniquete recurrente:

Santa-María-madre-de-Dios-ruega-por-nosotros-pecadores-ahora-y-en-la-hora-de-nuestra-muerte-amén.

O el canto de un coro de niños, acompañado por un órgano, repitiendo las mismas canciones que yo había entonado, años atrás, al lado de Lourdes:

Salve Regina Mater misericordiae,
vita, dulcedo et spes nostra salve.
Ad te clamamus exsules filii Hevae.
Ad te suspiramus gementes et flentes
in hac lacrimarum valle

Eia ergo. Advocata nostra,
illos tuos misericordes
oculos ad nos converte
Ed Jesum benedictum fructum ventris tui
nobis post hoc exsilium ostende.
O clemens.
O pia.
O dulcis Virgo Maria.

Y tuve que abandonar la política huyendo de aquella persecución. Posteriormente, tomé contacto con grupos feministas, y, en especial, con los sectores que, de forma más radical, luchaban por el reconocimiento de la condición homosexual. Allí conocí a una mujer, diez años mayor que yo, de la que fui amante hasta que me enteré de que había colgado los hábitos y abandonado el convento hacía poco menos de un año. «¡Otra vez!», exclamé para mis adentros. «Pero ¿qué está pasando?»

Para colmo se llamaba Bernardina, un detalle al que no había prestado atención pues se hacía llamar Nadi, seudónimo que, por suerte, no evocaba nada en especial.

A pesar de sus inclinaciones lésbicas, seguía manteniendo sus creencias. Un día cometió el error de decírmelo y mostrarme su gran secreto: una pequeña habitación, una especie de santuario donde guardaba sus reliquias, presidido por una inmensa estatua de la Macarena. Me invitó a luchar en ambos caminos de forma simultánea.

—Una cosa no está reñida con la otra —dijo.

La besé en los labios con cariño, salí de su casa y no volví nunca más.

Después de aquello, empecé a viajar sin rumbo, a vagar por el mundo en busca de algo que ni yo misma podía definir. Un tortuoso, laberíntico devenir hasta llegar a este amanecer tan esperado. Nada es gratuito, ahora me doy cuenta, todo está relacionado. Ha sido un despertar doloroso y confuso, como el de aquel pájaro que cantaba a media noche esperando la lenta llegada del alba. ¡Qué luz divina ha guiado mi camino!

He despertado en este lugar extraño. Una ciudad que duerme. Sus habitantes hablan una lengua que apenas puedo entender. No sé cómo llegué hasta aquí. Esta ciudad, que mucho tiempo atrás fuera un bosque, me evoca imágenes que he vivido. Recorro estas calles con la sensación de que ya antes las había pisado; reconozco las viejas piedras que un día me cobijaron. Y de repente, la luz se enciende. Una señal divina me ilumina, como la estrella que te guía; estaba ahí, en el firmamento, siempre ha brillado, pero no la reconocías. Todo han sido claves para entender. Nunca una revelación ha sido tan controvertida y extraña, y a la vez tan clara. Esa persecución insistente de imágenes fosforescentes, sugestivas invitaciones a retozar con la Virgen; su presencia constante, siempre al acecho. ¡Infeliz de mí! Cuánto tiempo ha tenido que pasar.

Ahora lo sé. He venido a narrar lo que aconteció en otra época, cuando yo, en una vida anterior deambulaba por estos mismos parajes con una caperuza blanca, una cestita y un rosario. Yo conocí a la Virgen. Un día se me apareció, hablé con ella, recibí sus enseñanzas y elevé a mis hermanas al espacio más alto del amor y la pureza. Al despertar del sueño, mi mente se ha iluminado como una gran pantalla de Cinemascope y he visto pasar una a una todas las imágenes de mi vida anterior. Yo fui Bernadette Soubirous. Voy a relatar lo que ahora, sin ninguna duda, recuerdo que he vivido.

2

En febrero de 1858 Lourdes no era más que un pequeño grupo de casas grises, cubiertas de triste pizarra. Ante sus humildes ojos los Pirineos mostraban una grandiosidad insolente. Altas y nevadas cimas, relucientes prados y lozanos valles que parecían, en un principio, inmerecidos.

A fin de año, el porquero del municipio reunía los cerdos de la villa a son de cuerno y los llevaba a pastar a orillas del Gave. Esa es la primera imagen que recuerdo, un alegre grupo de gorrinos, moteados en negro, retozando junto al montón de guijarros que el río arrastra en su corriente. Por ese mismo lugar conduje yo mi rebaño. Era pastora. A menudo, mi nodriza me hacía llamar para que cuidara a sus ovejas, lo cual me llenaba de alegría. Me complacía enormemente acariciarme con la piel mansa de los carneros jóvenes, sentarme a horcajadas con uno de ellos en el regazo y sentir su calor entre las piernas. Mi padre, François Soubirous, era molinero. Mi madre, Louise Casterot, cuidaba la casa y aceptaba algunos trabajos a jornal. Vivíamos en la antigua prisión de la calle Des Petits Fossés, una sombría celda, habitada antes de nosotros, por malhechores y criminales. Sus ventanas, aún con barrotes de hierro, daban a un reducido patio por el que se veían las rocas de la fortaleza. Los techos eran bajos, las paredes ahumadas y el suelo sin embaldosar. Nos rodeaba la miseria.

Yo era una niña enclenque, de aspecto frágil y desmantelado. A los catorce años (apenas aparentaba once o doce), aún no había hecho la primera comunión. Mi nodriza, que vivía en Bartrès, una apacible y aireada aldea entre verdes colinas, había intentado instruirme sin conseguirlo. Mi cabeza andaba por otros derroteros cuando ella me perseguía con el catecismo bajo el brazo para que me lo aprendiera. Al final, se enojaba conmigo, me llamaba tonta y arrojaba el catecismo a las gallinas, que se dispersaban asustadas con estrepitoso cacareo. Yo, sin embargo, no me sentía humillada, al contrario, nunca perdí la jovialidad. Era una niña débil y enfermiza, pero alegre y despreocupada. Solía hacer calceta en la pradera mientras guardaba las ovejas y mi imaginación volaba inventando personajes ideales que vendrían un día a envolverme en su maravilloso mundo de ensueño.

Una tarde, mi madre nos envió a mi hermana Toinette y a mí a recoger leña. Era el día 11 de febrero. Las fechas vienen a mí regaladas por el tiempo a través de una memoria clarividente. Me parece estar viendo un almanaque de la época del que caen gruesas hojas y en cada fecha hay un dato, una imagen...

Era jueves lardero, día, dicen, que evoca la abundancia y el regocijo. Pero en mi hogar, como siempre, imperaba la escasez. Después del almuerzo, mi madre había mirado apesadumbrada el rincón donde se guardaba la leña, al lado de la chimenea. No quedaba ni una brizna. Entonces nos miró a mi hermana y a mí. Rápidamente nos hicimos las despistadas ya que nos temíamos lo que iba a ordenarnos y no nos hacía ninguna gracia salir de casa en un día de invierno tan gris y desabrido. Pero no hubo opción a excusas o discusiones, tuvimos que ir.

Al salir a la calle, nos saludó una bofetada de aire frío. El cielo estaba cubierto de inmensos nubarrones negros que amenazaban tormenta. Mi hermana fue a llamar a una amiga suya, Jeanne Abadie, para que nos acompañara. Su casa nos venía de paso, ya que era vecina nuestra, pero, de cualquier forma, mi hermana habría ido a buscar su compañía. No le gustaba nada salir sola conmigo. Decía que yo era una remilgada y una fastidiosa.

Pasamos, primero, por la calle que llegaba hasta el cementerio, al lado de la cual se solía descargar leña y a veces encontrábamos desperdicios abandonados. Aquel día no encontramos nada y decidimos llegar hasta el río. Bajamos entonces la pendiente que conducía hacia el Gave hasta llegar al Puente Antiguo. Allí nos encontramos con la vieja Pigou, la viuda de Cazaus a quien llamaban «la Urraca» porque era una entrometida. Estaba lavando su ropa en el río y, al vernos, nos preguntó enseguida qué nos llevaba por allí. Le dijimos que íbamos a buscar leña, y ella nos aconsejó que fuéramos por el lado de Massabieille, pues, siempre bien informada, se había enterado de que el señor de La Fitte acababa de hacer podar los árboles de su pradera. No nos sería difícil encontrar allí gran cantidad de ramas y hojarasca.

Massabieille era un lugar muy hermoso, por el que siempre sentí una gran atracción. Junto a un recodo del Gave, se alzaba una pequeña colina llena de grutas, donde, en días de tormenta, los pastores, o algún pescador de truchas sorprendido por el chubasco, solían refugiarse. Preferían, sobre todo, una en especial, algo más grande, que se abría por el norte siguiendo el torrente del río. La pared exterior de esta gruta estaba recubierta de hiedra y musgo y sólo algunas rocas y guijarros, colocados frente a ella, la protegían de las aguas del torrente. A sus pies crecía una zarza de largas espinas, a la que acompañaba un rosal silvestre. Al otro lado de la colina, se extendía la pradera del señor de La Fitte, bordeada de alisos y de álamos y separada por un pequeño canal que se desviaba del torrente para volver a encontrarlo ante la gruta, convirtiéndola así en un pequeño islote.

Tras emprender el camino del bosque, nos adentramos en la pradera pasando por el molino de Savy. Ya casi frente a la gruta, tuvimos que detenernos porque el canal del molino nos interceptaba el paso. La corriente no era muy fuerte, ya que el molino no funcionaba, pero sus aguas estaban muy frías. Mi hermana y su amiga se quitaron los zuecos y, con ellos en la mano y las faldas remangadas, atravesaron el canal. Yo no me atrevía a introducir los pies en el agua helada por miedo a un ataque de asma. Intenté en vano colocar unas piedras en el lecho del riachuelo para poder atravesarlo, pero de nada me sirvió. Al otro lado, las niñas chillaban de frío y metían los pies en la arena para calentarlos.

—¡Blandengue! ¡Remilgada! —me decían entre grandes risotadas.

Después de recoger un poco de leña al pie de la gruta, las dos niñas desaparecieron a lo largo del río y, al verme sola, decidí atravesar el torrente como lo habían hecho ellas. Había empezado a quitarme una media, cuando, de repente, oí a mis espaldas el rumor de un fuerte viento. Miré los álamos a ambos lados del río: ni el más tenue movimiento agitaba sus hojas. Continué descalzándome y oí de nuevo el mismo ruido. Entonces, me amedrenté. Al volver la cabeza hacia la gruta, vi en una de las grietas de la roca que el rosal silvestre, solo él, se movía. Casi al mismo tiempo, surgió del interior una nube luminosa que envolvía a una dama joven y hermosa, la más hermosa mujer que jamás he visto. Vestía una túnica blanca, ceñida a la cintura por un lazo azul y un velo, igualmente blanco, que caía por detrás de su cabeza. Sus ojos eran azules. Sus pies descalzos albergaban sendas rosas amarillas. Me miró con una mirada que no era humana y, con una sonrisa, me indicó que me acercara. Mientras lo hacía juntó sus manos en señal de oración, pero, cuando estuve frente a ella y apenas nos separaba la distancia de un cuerpo, las separó. Me sentí aturdida. Mis manos temblaban cuando las acerqué hasta el lazo azul y, torpemente, deshacía el nudo que lo sujetaba. Su manto cayó al suelo con una suavidad y lentitud desconocidas. Ante mis ojos apareció un abismo de frescura. Ya no hacía frío o al menos yo no lo sentía. En aquel momento, la humedad de la gruta era una sauna tibia y acogedora. Sin atreverme a tocar aquel panal de dulces esperanzas, me dediqué sólo a contemplarlo. Entre sus senos corría una gota de agua limpia deslizándose con lentitud. ¡Si mi dedo hubiera sido esa gota, esa gota resbalando a ligeros trompicones sobre la piel blanca, radiante! Piel dorada. ¡Si mi lengua hubiera sido esa gota! ¡Esa gota! Mi lengua rozando la lisura plateada de la dama. Me sentía aturdida, completamente turbada, desconcertada. Un torbellino de sensaciones me envolvió hasta el borde de la náusea. Cerré los ojos. Todo daba vueltas. Piel dorada, esa gota, mi lengua, mi dedo, esa gota... y oí una voz que procedía del interior de la gruta y que decía: «Vas a conocer el misterio oculto de quien tanto tiempo has esperado. Mírala, ha entrado en tu lecho. Se cubre con tu manta».

En ese instante, se desvaneció el hechizo. Durante algunos segundos quedó impreso, ante las rocas de la gruta, el halo radiante de aquella presencia. El aire frío, que hasta entonces no habían sentido mis mejillas ardientes y enrojecidas, volvió y, sacándolas de aquel extraordinario sueño, las despertó.

—¿Qué has visto, Bernadette, que tienes los ojos en blanco? —se burlaron mi hermana y su amiga cuando al volver me encontraron todavía inmóvil frente a la gruta.

Las miré. Estaban al otro lado del riachuelo riéndose de mí. Sin decir nada, me descalcé y atravesé sin dificultades las frías aguas del canal. Tan caliente estaba mi cuerpo que mis pies ni siquiera notaron la temperatura cortante de las aguas y las niñas frenaron de golpe sus risas para quedarse boquiabiertas ante lo que estaban viendo. Entonces, mi hermana Toinette se agachó a tocarme los pies y con gran estupor exclamó:

—¿Qué te ha sucedido, Bernadette, que todo tu cuerpo está caliente a pesar del frío? ¿Qué ocurre con tus pies que arden a pesar de las heladas aguas?

—Nada —respondí y me agaché para recoger las ramas secas.

Hicimos tres hatillos y con ellos en la cabeza subimos la cuesta para buscar el camino del bosque. No volvimos a pronunciar una sola palabra hasta llegar de nuevo a casa.

Sé que Toinette le relató a mi madre que algo extraño me había sucedido al quedarme sola frente a la gruta de Massabieille, pues por la noche, a la hora de los rezos familiares, ambas me observaban con inquieta curiosidad y discutían sin disimulo, como comadres, dejando escapar la mirada por el rabillo del ojo. Yo no podía olvidar la visión de aquella tarde que había llenado mi cuerpo de deseo. Un deseo abrasador, incontenible. Por eso no pude evitar las lágrimas mientras formulaba mis oraciones.

—Dios te salve María, llena eres de gracia —murmuraba lentamente—, el Señor es contigo —y las lágrimas aparecieron lentas, con una dulzura inesperada— y bendita tú eres —resbalaban por mis mejillas hasta la comisura de los labios— entre todas las mujeres —cerré los ojos— y bendito es...

—¡Lo ves! —gritó Toinette en ese momento—. ¡Lo ves, mamá! Algo raro le ha sucedido.

Mi madre levantó la vela de resina hasta la altura de mi rostro, la paseó ante mi cara, de derecha a izquierda, de arriba a abajo. Me observó atentamente, con los ojos hambrientos, intentando adivinar qué era lo que podía sucederme. Después se giró para colocar de nuevo la vela en su sitio, volvió a sus rezos con aire compungido y simplemente murmuró:

—Esta hija mía me va a matar.

Durante todo el día, la imagen de la luminosa señora me había obsesionado. No era lo inquietante y extraordinario de la visión lo que me preocupaba, yo sabía que un día, algún día, aparecería algo, alguien para descubrirme un mundo diferente, lejos de la humillación constante y la miseria en que vivía. Había llegado por fin, ahí estaba, pero ¿sabría yo responder a su grandeza, a sus deseos, a sus peticiones si éstas aparecían? Yo no me había atrevido a tocarla. Tal vez no había entendido su mensaje. ¿Habría algún ruego en su aparición? La visión había desaparecido. Puede que estuviera disgustada... quizá no supe entender...

Ya en la cama, la obsesión de aquella imagen no me dejaba dormir. La pequeña gota que se deslizó por entre los senos de la hermosa dama, su bello rostro iluminado, su cintura lisa y ondulante. Un deseo incontenible de rodearla con mis brazos y posar mi cabeza en su vientre se apoderó de mí y, de repente, un escalofrío de terror me sacudió al pensar que tal vez no volvería a verla. Me arrebujé entre las mantas intentando contener los temblores y repitiéndome que aquello no podía ser cierto, que volvería, sin duda, tenía que volver, no podía abandonarme, dejarme así, con la amarga sensación de saber que el sueño existe y no poder alcanzarlo. «Volverá, volverá, tiene que volver.»

Repetí estas palabras durante largo rato, como una letanía, y esto me ayudó a recobrar la calma. Entonces imaginé lo que haría con ella la próxima vez que la viera. Tenía que llenarla de gozo, no podía permitir que algo en mí la disgustara. En ese momento, el recuerdo de su visión, antes que inquietarme, me llenaba de tranquilidad, me sumía en vaporosas sensaciones, como si me hubiera tendido en una nube de algodón, en uno de esos enormes cúmulos blancos de primavera que viajan lentamente por un cielo de intenso azul. Imaginé una dulce danza con ella en esa nube, nuestros cuerpos limpios, libres de vestiduras, ágiles como en los sueños. Mi cama, dura y de ásperas mantas, me pareció en aquellos momentos un nido de plumas, tierno y mullido. Sentí algo en mi cuerpo que nunca antes había sentido... ¡Oh, no, miento! Había notado ese sutil hormigueo cuando jugaba con los carnerillos en el prado. Sí, era cierto; pero no era tan intenso y arrebatador como ahora.

Mi mano se paseó explorando mi cuerpo. Mis pezones estaban duros y erguidos, tocarlos me estremecía. Mi sexo estaba húmedo. Detuve mi mano en él y lo acaricié lentamente, con suavidad, pensando en ella, recordándola, intentando retener aquella imagen, tenía miedo de que se me borrara. Oía el crujir de la leña, aún humeante, la respiración acompasada y profunda de mis hermanos dormidos y los ronquidos atronadores de mis padres, pero nada me perturbaba. Seguí acariciándome, como hubiera querido acariciarla a ella, y en ese gesto, llena de paz, me quedé dormida.

A partir de aquel día sentí que algo en mí había cambiado. Todos coincidían en decir que me había vuelto más contemplativa de lo que ya hasta entonces había sido. Algunos incluso se atrevieron a afirmar que me había entrado el «mal del cielo». Ciertamente, mi buen humor se había trastocado. Nada llamaba mi atención, hacía las cosas sin interés y con gran apatía; me movía de un lado para otro de forma mecánica, como un autómata. En muchas ocasiones, no oía cuando me llamaban o no atendía a lo que me decían porque mi mente no estaba allí.

Mi madre y mi hermana seguían intrigadas por lo que había podido pasarme en Massabieille y sospechaban que mi estado actual tenía mucho que ver con aquello. Mi hermana no había perdido el tiempo. Había expandido la noticia entre sus amigas y estaban todas ellas ávidas de curiosidad.

Yo, en lo más íntimo de mi corazón, sentía un arrebato irresistible que me impulsaba a volver a la gruta, pero tenía la prohibición de mi madre.

—Te va a dar algo —decía—. No teníamos bastante con el asma, que ahora encima te has vuelto lela. Tú allí no vuelves.

Y, por otro lado, estaban mi hermana y sus amigas al acecho esperando resolver el enigma de la cueva. No tuve más remedio que escaparme. Lo hice tres días más tarde. Era domingo. Aproveché la hora del descanso, después de la comida, para escurrirme como una culebrilla a través de la puerta de madera vieja que daba a la calle sin necesidad de atravesar el patio. Mis padres dormían la siesta en su raído camastro, mis hermanos jugaban a las tabas en el patio y mi hermana Toinette, afortunadamente, había salido de casa para visitar a su amiga Jeanne. No se había dignado invitarme a acompañarla, lo cual, antes que molestarme, agradecí enormemente.

Bajé de nuevo por la calle del cementerio para que nadie me viera. Atravesé corriendo el camino del bosque. La brisa movía las hojas de los árboles y se oía el trinar de algunos pájaros y el batir de sus alas en el corto y certero vuelo que emprendían al sentir mis pasos; el crepitar rítmico de las hojas secas bajo mis pies, la sacudida de algún arbusto cobijando a una alimaña.

Llegué hasta el prado, sentí el sol tibio rozando mi

cara y templando tímidamente el aire que la azotaba en mi carrera. Luego atravesé de un salto el pequeño canal y, extenuada, caí de rodillas frente a la cueva.

No sabía cuál era el sistema para llamar a la aparición. Inicié una especie de plegaria improvisada que susurraba entre jadeos, aún fatigada por el esfuerzo de mi carrera. Conforme mi respiración se iba serenando y mi letanía sonaba como un murmullo hueco, la gruta se iba iluminando lentamente hasta llenarse de una luz cegadora.

—¡Hela ahí! —exclamé—. ¡Está aquí! ¡Está aquí! ¡Me sonríe!

La señora estaba erguida, con las manos cruzadas sobre el pecho y una sonrisa celestial. Yo también sonreí, hice una reverencia y deshice con suavidad el lazo que sostenía su túnica blanca. Esta empezó a caer desde sus hombros, deslizándose por los brazos con lentitud, como si algo la frenara. Ella la retuvo unos instantes con la punta de sus dedos antes de dejarla caer, cuando ya su pecho estaba al descubierto y me miraba con una sonrisa arrobadora. Giró levemente la cabeza y la dejó caer por fin. Así quedó la túnica a sus pies, envolviendo sus blancos tobillos.

—¡Oh, mi señora! —dije acercando una mano a su vientre—. No sé qué queréis de mí ni por qué habéis venido a buscarme ni qué podría hacer para agradaros. No sé quién sois, imagen de mis sueños, pero no renunciaré a vos y haré cualquier cosa por teneros cerca, por veros, por estar a vuestro lado.

Ella posó su mano en mi cabeza, acariciándome el pelo, la hizo bajar por mi cara. Sus dedos rozaron mis mejillas, luego se posaron bajo mi barbilla y la levantaron. ¡Oh hermosura entre la hermosura, qué destellos de belleza emanaban de su rostro! Con la otra mano me tomó del brazo y me levantó.

—No te arrodilles —dijo—. Abrázame.

¡Oh, entonces, su voz! ¡Oh, su voz! Sinfonía de violines y campanas. Ni el más sublime de los coros, ni el más perfecto conjunto de ángeles, arcángeles y serafines —todos juntos— habría podido siquiera igualarla. ¡Oh, su voz! Magia donde la hubiera, canción de querubines.

La rodeé con mis brazos. Mi pelo acariciaba su cuello, mi cara se posaba en su pecho. ¡Su pecho! Allí por donde pasara aquella gota. Mis labios reposaban justo allí. ¡Dios mío!, pensé, esto no es cierto, es producto de mi fantasía, no es más que un sueño. Mis labios en su pecho, y mi lengua ansiosa, abriéndose paso entre ellos para llegar a rozar la piel mansa, piel dorada; mis labios, su boca...

Subir hacia la cumbre por el angosto terraplén de su barbilla. Lengua que escala con torpe armonía recodos inalcanzables. Mi boca en su boca. Mi lengua más ansiosa, si cabe, franqueando canceles, rompiendo celosías. Y entonces entra en esa cueva mojada y explora sus rincones. ¡Oh, cascada de delicias! Ni las frutas más frescas ni los más dulces obsequios de la naturaleza podrían compararse a su sabor. ¡Qué manantial, su boca! ¡Qué pócima secreta! ¡Qué brebaje poseedor! Era tal la emoción que me embargaba al separar mis labios de ella que no fui capaz de moverme ni de soltarla ni de hincarme de nuevo a sus pies. Me mantuve así, abrazada, hundiendo otra vez mi cabeza en su pecho, oyendo el rítmico latido que su corazón emitía. Mantra divino, latido de otro mundo.

Una mano deshizo a mi espalda el lazo de mi vestido y mis ropas fueron cayendo al suelo una tras otra. Entonces, su piel en mi piel. El abrazo. Y el silencio. El abrazo largo, quieto, tenso, insaciable. El abrazo desnudo, el calor, el silencio... de nuevo el silencio. No sé cuánto tiempo duró ese abrazo que me cerró los ojos y me sumió en un agradable letargo. Cuando me quise dar cuenta, el sol ya estaba bajando. No sé en qué momento desapareció la imagen, no lo había notado, pero el tiempo se me había tragado.

Debía vestirme a toda prisa, temblaba de frío, la cueva estaba húmeda. Debía volver corriendo a casa. Recogí mis ropas, que yacían en el suelo junto a un zarzal, me las puse tan deprisa como pude, las primeras en la gruta, las otras una vez iniciado el camino, y reemprendí la veloz carrera de regreso a casa.

—¡¡Bernadette!! ¿Dónde has estado? —gritó mi madre enfadada. Y, al verme llena de sudor, jadeante, mi respiración ahogada, se echó las manos a la cabeza—. Pero ¿qué es lo que quieres? ¿Matarme? Mira cómo vienes. ¿Y tu asma? ¿Acaso no piensas en tu asma? ¡Dios mío! Esta hija es un castigo.

Estaba tan enojada que fue a buscar un palo y estuvo a punto de fustigarme con él. Salió al patio sin parar de repetir sus lamentos, volvió con el palo, se acercó con furia hasta donde yo estaba y lo levantó sobre mi cabeza. Me encomendé a todos los santos. Puedo sufrir, pensé, cuantos martirios y torturas me envíe el cielo con tal de no perder el tesoro que ahora tengo. Me sacrificaré hasta el extremo de mi resistencia para mantenerlo. Había cerrado los ojos y me había concentrado con todas mis fuerzas en ese pensamiento esperando la llegada del golpe. Pasados unos segundos, al no sentir nada, me atreví a abrir uno de ellos. ¿Me habría convertido en un ser insensible al dolor?, me preguntaba, ¿o estaría todavía dentro del sueño?

Vi entre la sombra de mis pestañas entornadas la silueta de mi madre con el palo levantado y una expresión incierta, como si dudara. Algo la había frenado y, con su mirada un poco bisoja, me interrogaba. Tal vez mi expresión radiante, pletórica de emoción a pesar del cansancio, la detuvo. Con los brazos aún en alto y el palo amenazando, me instó a que le explicara lo que me estaba pasando y lo que había estado haciendo en el tiempo que duró mi ausencia.

—He estado... —titubeé—. Madre, he estado... —la luz se encendió, junté mis manos en señal de oración, entorné la mirada, respiré profundamente y acerté a decir con serenidad—: Madre, he estado rezando.

Mi madre sabía que yo era devota y obediente en las cuestiones religiosas, a pesar de no haber conseguido todavía aprenderme el catecismo. Debió de creerme, o tal vez sus brazos empezaban a notar el cansancio, porque los bajó. Se me quedó mirando un instante más, el nerviosismo agitaba más de lo normal su ojo ciclópeo. Temí que se arrepintiera y volviera a levantar el palo, esta vez para dejarlo caer en mi espalda sin más contemplaciones. Por suerte, no fue así. Dio media vuelta y se retiró hacia la cocina. Antes de entrar vociferó:

—¡Me enfermaréis! ¡Entre todos me mataréis!

No la volvimos a oír hasta la hora de la cena.

Entretanto, mi hermana Toinette había estado contemplando la escena escondida tras la puerta del granero. Cuando mi madre se hubo marchado, se acercó a mí y con aire receloso exclamó:

—Yo sé dónde has estado.

A su rabia respondí con una mirada compasiva. ¡Pobre hermana mía! Debía de estar impresionada por lo que ocurrió en Massabieille. Además, no podía gozar del privilegio para el que yo había sido elegida; no podía por menos que sentirme humildemente orgullosa y compadecerme de ella.

—Has estado en Massabieille —prosiguió—. No sé qué debes de encontrar allí, pero más te valdría decírmelo.

—Lo que tengo que decir se lo he dicho ya a nuestra madre. Sí, he estado en Massabieille. He ido allí para rezar.

—No me lo creo.

—Voy a hacer mi primera comunión y tengo que prepararme.

—Mentira, algo te pasa. Mejor sería para ti que me lo dijeras, porque acabaré descubriéndolo de todas formas y, si nuestra madre se entera, no quiero pensar en lo que podría pasarte.

No temía sus amenazas, pero tanto insistía y tanta pena me daba verla carcomida por la curiosidad que decidí relatarle lo que había visto con la condición de que permaneciera callada. De todas formas, más me valía tenerla como confidente que como espía.

—Está bien —le dije—, pero has de prometerme que guardarás el secreto.

—Te lo prometo.

—Nadie debe enterarse de esto.

—No.

—No sólo nuestra madre, tampoco tus amigas, ni siquiera Jeanne. ¿De acuerdo?

—Que sí. No seas pesada, dímelo ya.

Tomé aire antes de empezar a relatar.

—¿Recuerdas cuando me quedé arrodillada en la gruta el día en que fuimos a buscar leña a Massabieille?

—Claro —respondió—, cómo no me voy a acordar, de eso se trata, ¿no?

—Lo que vi allí fue algo maravilloso. Primero oí unos sonidos extraños y vi un rosal que se movía. Entonces, en la grieta de la roca, se me apareció una señora vestida de blanco con un lazo azul y un gran manto que le cubría la cabeza. Estaba rodeada de un fuerte resplandor y...

—Eres una tonta —me interrumpió—. Te lo habrás imaginado.

—No me lo he imaginado, la vi con mis ojos, era una mujer muy hermosa y estaba llena de luz por todas partes.

—Eso es mentira. No existen señoras hermosas con túnicas blancas y llenas de luz.

—¿Por qué habría de mentirte?

—¿Y por qué se te iba a aparecer a ti una señora?

—No lo sé, pero es cierto.

—Lo que quieres es llamar la atención, hacerte la interesante para que alguien te haga caso.

—Si fuera así, no te habría dicho que me guardaras el secreto.

—Entonces son fantasías, paparruchas. Siempre estás en las nubes y ahora, además, ves visiones.

Comprendí que no podía narrarle el resto de lo sucedido. Me limité, entonces, a insistir en que la visión era cierta y que aquella misma tarde se había repetido.

—Se te debe estar trastornando un poco el juicio. Pasas demasiado tiempo sola con las ovejas en los prados. Demasiado sol en la cabeza. Lo que tendrías que hacer es aprenderte el catecismo de una vez, en lugar de estar inventando historias.

A pesar de sus reproches, noté que mi hermana estaba un poco atemorizada por mis extrañas manifestaciones. Me aconsejó que no volviera a Massabieille; pero yo, profundamente impresionada ya por lo que había sucedido, repliqué firmemente que no podía dejar de ir. Y nuestra conversación se cerró no sin cierto resquemor por su parte.

A la mañana siguiente, Toinette, a quien el secreto maravilloso desasosegaba y ardía en deseos de revelarlo, no cesó de hacer carantoñas a mi madre mientras ésta la peinaba junto a la ventana. Temiendo lo peor, salí con disimulo y me puse a recoger las hojas secas que ensuciaban el patio. A los pocos minutos oí la primera exclamación y aceleré la recogida de hojas como si con ello pudiera acelerar también el desenlace. Un poco más tarde, mi nombre sonó como un trueno a través de los barrotes de la ventana y llegó hasta mis oídos haciéndome tambalear.

—¡¡Bernadeeeeette!!

—Sí, madre —acerté a decir tímidamente.

—Ven aquí. ¿Es cierto lo que me cuenta tu hermana?

Toinette se estaba retocando el pelo todavía cuando yo entré. Apartó la mirada para no tener que cruzarla con la mía.

—Dime —insistió mi madre—, ¿es cierto?

No podía ocultarlo, pero tampoco referirlo con toda naturalidad. Tenía que encontrar una fórmula para protegerme y de este modo repetir mis visitas cuando quisiera y sin necesidad de ocultarme.

—¿A qué se refiere? —dije, intentando darme un poco de tiempo.

—Dice tu hermana que has hablado con una mujer en la gruta de Massabieille. ¿Es eso cierto?

—No exactamente, madre. Verá, se lo explicaré —tragué saliva—. El otro día, mientras estaba rezando, en la gruta de Massabieille, tuve una visión maravillosa. De repente, se me apareció una dama muy hermosa, que parecía venir de otro mundo. Tenía las manos unidas y la mirada perdida. Yo no podía creérmelo. Me froté los ojos hasta hacerme daño, pero, al abrirlos, ella siempre estaba allí y tenía una corona de luz resplandeciente a su alrededor.

—¡Ay, pobre de mí! —exclamó mi madre—. Lo que me faltaba. Ahora una iluminada en la familia. Como si tuviera poco con lo que ya tengo.

Se puso a dar vueltas por la casa muy inquieta. En el pueblo, a menudo corrían rumores acerca de apariciones misteriosas, que provocaban males desconocidos. La última había sido ante un pastor de la comarca, que siempre estaba solo con las cabras en el monte. Un día empezó a tener visiones que llegaron a aterrorizarle. Desde el monte llegaban sus gritos hasta el pueblo. La última vez que lo vieron, corría despavorido hacia el valle. Se perdió tras el bosque de álamos y nadie volvió a saber nada de él. Decían que había sido poseído por el demonio, que éste había hecho que se lo tragara la tierra. Se explicaban muchas historias diabólicas. La hija de Sajou había enfermado de alucinaciones hacía un par de años y al hermano del señor Pomian lo habían internado en el sanatorio para enfermos mentales de Tarbes por la misma causa.

—Ilusiones —repetía mi madre—. Te habrá engañado la vista. Será alguna piedra blanca que brillaba con el reflejo del sol.

—No, madre —insistí—. No era una piedra, se lo aseguro. Era una dama muy hermosa y me ha llamado, quiere que vaya a verla, quiere que vaya siempre a rezar allí con ella.

—¡Ay, Dios mío! ¡Dios mío! ¿Y si se trata de un espíritu maligno? La desgracia caerá sobre nosotros.

—Pero, madre —repliqué—, un espíritu maligno no se aparece en forma de hermosa mujer vestida de blanco.

—¿Qué no? ¿Y tú qué sabes? Los trucos del demonio son infinitos —dijo—. Tú no tienes ni idea de esas cosas.

A continuación, empezó a sermonearme refiriéndome mil casos de alucinaciones, sin olvidar las del pastor de Arnès, la hija de Sajou y el hermano del señor Pomian. Luego siguió hablándome de los engaños del demonio, de las ilusiones de los sentidos y de la enajenación mental a causa de todas estas cosas.

—No le digas nada a nadie —continuó—. Y tú tampoco —añadió con tono recriminatorio dirigiéndose a mi hermana—. Creerían que te has vuelto loca. Algunos ya empezaron a sospechar algo desde que te entró ese estado de contemplación en el que parece que estés siempre ausente. Compórtate como las demás niñas, saluda cuando te saluden y sonríe con tu sonrisa bobalicona, como lo has hecho siempre. Más vale que piensen que eres un poco tonta a que crean que estás poseída o que te has vuelto loca.

—Pero, madre —volví a insistir, ya un poco desesperada—, no olvide que yo estaba rezando cuando se me apareció la señora y los rezos no atraen al diablo sino que lo espantan.

—Te repito que tú no sabes nada de esas cosas. A partir de ahora te limitarás a rezar en la iglesia o en casa cuando lo hagamos todos. Tú no has visto nada. Y tú... —volvió a dirigirse a mi hermana—, tú no sabes nada, no has oído nada ni viste nada en la gruta el día que fuisteis a recoger leña.

—¿Y qué pasará con su amiga Jeanne? —inquirí—. Ella también estaba ese día.

—Ella tampoco ha visto nada —dijo mi madre—. Y, si lo ha visto, ya no se acuerda, así que no se lo recordéis vosotras.

Mi estrategia no había funcionado. En casa no se volvió a hablar del tema, pero se respiraba un ambiente de cierta tensión. Conforme pasaban los días, se acrecentaba en mí el deseo de volver a la gruta. No podía escaparme, pues se habrían enterado; mi hermana estaba pendiente de todos mis movimientos. Tampoco podía exponerlo con claridad ya que mi madre se habría enfurecido al oírme. Pensé, entonces, que, si mi hermana intercedía por mí, podría conseguir mi objetivo. Ella estaba ansiosa por saber lo que ocurría en realidad en la cueva y ardía en deseos de acompañarme allí para ver lo mismo que yo. Por ello, no tuvo ningún reparo en hacerlo. Las oí discutir en la cocina.

—Serán alucinaciones —decía mi hermana—. Yo

puedo ir allí con ella y convencerla de que no hay nada. Así se le acabarán las manías.

La astucia de mi hermana, a veces, me sorprendía. Tras largo rato de plática, Toinette logró convencer a mi madre de que era víctima de un espejismo y que, al no volver a verla, la visión cesaría, y cesaría también aquella obsesión insensata que se había apoderado de mí.

—Acabaréis conmigo —claudicó al fin.

Ambas salieron de la cocina. Mi madre mirándome a mí, nos ordenó que fuéramos a pedir permiso a mi padre.

—No quiero tener yo toda la responsabilidad en este asunto —dijo—. Id, marchaos y no me rompáis más la cabeza. Pero estad de vuelta para las vísperas o sabréis lo que os aguarda.

Mi padre solía vagabundear por casa del hostalero Cazenave, probando un poco de vino. Lo encontramos en el establo, donde el hostalero daba el pienso a los caballos y él se dejaba caer entre los montones de paja con una botella en la mano. En principio se opuso a nuestra petición sin apenas atendernos, fijando sus ojos desorbitados en el cristal verdoso de la botella casi vacía. Pero, al fin, influido por las reflexiones de Cazenave y sin demasiado interés en replicar nada, nos dio su consentimiento.

—¿Qué daño les puede hacer una mujer que se aparece en una roca? —le decía el hostalero—. Déjalas que se diviertan ahora que son jóvenes, que ya tendrán tiempo para ser desgraciadas.

—Fantasías —dijo mi padre con voz pastosa sin apartar los ojos de la botella—. Siempre están inventando bobadas.

—Las fantasías no hacen daño, hombre.

—He dicho que no, y cuando yo digo que no es que no —balbuceó.

—Déjalas ir, que no estás tú ahora para imponer nada a nadie —concluyó el hostalero cogiéndole la botella y ayudándole a levantarse—. Anda, vamos —dijo—, te acompañaré a tu casa.

—Bueno —sentenció él con una sonrisa vidriosa.

Al abandonar el establo, Toinette se apresuró a avisar a Jeanne y al resto de sus amigas a quienes, a pesar de su promesa, había contado el prodigio. Yo, mientras tanto, pasé por la iglesia parroquial de Saint-Pierre para recoger un poco de agua bendita. Me sentía algo intimidada por las advertencias de mi madre sobre los maleficios diabólicos y pensé que no estaba de más ir prevenida por si surgían acusaciones malsanas. Me había provisto de un frasco que sumergí en la pila bautismal. Lo tapé con cuidado y lo guardé en el bolsillo de mi delantal. De esta forma, estaba protegida por el sortilegio y acallaría las malas lenguas.

Emprendí de nuevo el camino del bosque acompañada por unas cinco o seis muchachas. Otras tantas nos seguían a cierta distancia, pues habían sido avisadas de improviso y ni siquiera les dio tiempo de acabar su tocado.

Bajábamos a paso ligero, yo a la cabeza, un poco por delante de mi hermana y de Jeanne que me custodiaban una a cada lado. Estaba segura de que, al haber tanta gente, la visión no aparecería, pero yo debía seguir la ceremonia completa: me arrodillaría ante la gruta, rezaría el rosario y un par de Avemarías, rociaría con agua bendita las paredes y el suelo, besaría la losa que está junto al rosal, haría unas cuantas genuflexiones, me santiguaría una y otra vez, luego me agacharía para besar el suelo en un acto de humildad y veneración y, al final, abandonaría la gruta confesando que, igual que las veces anteriores, al rezar había visto a una hermosa señora vestida de blanco. De este modo, demostraría a todos que, efectivamente, lo que tenía eran alucinaciones, pero que éstas no entrañaban ningún mal. Mi hermana y sus amigas se reirían de mí. No me importaba, estaba dispuesta a soportar sus burlas. Pero el aburrimiento de los rezos y el no ver nada en la gruta acabarían por desanimarlas y no querrían volver a acompañarme. Mi madre se convencería de que no había nada diabólico en mi empresa, al contrario, pura inocencia, y me permitiría volver cuando quisiera. Tal vez, incluso, se sintiera estremecida por mi devoción, podría pensar que, al preparar mi primera comunión, rezaba con tal fervor que hasta me parecía ver a la Virgen. Si todo salía bien, al día siguiente podría volver a la gruta yo sola, invocar a la aparición y, entonces sí, seguro que vendría.

Tan pronto llegamos al nicho de la gruta, caí de rodillas iniciando la ceremonia. Pero cuál sería mi sorpresa cuando, al comenzar mis rezos, la gruta empezó a iluminarse con creciente intensidad. Una luz cegadora, mucho más violenta que en las dos ocasiones anteriores, inundó la cueva y me envolvió en ella. Al mismo tiempo, un sonido agudo atravesaba mis oídos y me aislaba por completo del mundo exterior. Noté que mis pupilas se agrandaban. Atónita contemplé cómo de una nube resplandeciente salía la misma mujer que se apareció las dos veces anteriores.

—*Qu'ey yé!* —exclamé en patués, que era mi dialecto, pues yo apenas sabía expresarme en francés. Aún tuve oportunidad de oír a mis espaldas a una de las niñas que gritaba aterrada:

—Echale agua bendita.

¡Santo cielo! Entonces sí que, de veras, no podía dar crédito a mis ojos. Me levanté y arrojé con suavidad el contenido del frasco alrededor del rosal silvestre. Mis movimientos eran lentos, tenía la impresión de estar flotando.

En ese momento el tiempo se detiene. Su túnica se abre, se deshace; manto que empieza a caer acariciando su cuerpo. Un molino de colores girando a mi alrededor y miles, miles de mariposas revoloteando. Y aquellos pechos blancos, tiernos como la masa del pan. Y las gotas, otra vez las gotas, ahora ingrávidas, flotando como diminutas luciérnagas alrededor de la dama. Se acercan a ella, salpican su rostro, se deslizan por su piel siguiendo un itinerario desordenado, resbalan por el tobogán de sus senos para detenerse al borde de ese acantilado que forman las dos cimas, redondas y erguidas, y caer por fin a sus pies en una grácil acrobacia. Corretean por su vientre y por su cuello, por la ondulada colina de sus hombros, con un movimiento sinuoso, en una ruta imprevisible. Juego de cristalinas perlas, minúsculas, atrevidas; caleidoscopio de reflejos plateados clavándose en mis ojos. Y mi lengua se acerca, imán travieso, para secarlas una a una. Un coro de ninfas canta a lo lejos. Sabor salado en mi boca. Me acerco aún más a su piel y a sus rincones y a sus entrañas. La abrazo. Mis manos se posan en sus dos montículos redondos y tiernos, masa blanda que mis dedos amasan con movimientos circulares, la presión justa; y noto en mi vientre el roce afelpado de su terciopelo negro.

Me vi sumida en un profundo éxtasis y sentí que me elevaba, que me envolvía un enorme y algodonoso cirro; que me cegaba, y todo se tornaba luz y se tornaba blanco. Empecé a jadear y a agitarme. Tenía la sensación de estar cabalgando aquella nube. Un vuelo delirante que se convertía en galopar frenético a lomos de un enorme Pegaso. Subí y subí hasta lo más alto. Y me llenó una sensación celestial, un estremecimiento tal que no puede ser explicado. Una última sacudida me detuvo en lo alto de la cima y no pude contener un alarido, quién sabe si de gozo, de placer o de vértigo.

Las niñas debían de estar oyendo mis jadeos, pues noté que algo a mi espalda se alteraba. Movimientos inquietos, murmullos espantados. Hasta aquel momento no había percibido su presencia. Ahora me llegaba como un eco lejano. Conforme la nube se deshacía, la realidad empezaba a hacerse latente y volvía el ambiente húmedo de la cueva, sus paredes enmohecidas y sus sombras. La bella dama desapareció, el aire gélido azotó mi cara bañada en sudor. Su sonrisa había quedado grabada en el fondo oscuro de la gruta. Me levanté tambaleante y fui a sentarme en una roca junto al río. El agua helada sobre mi rostro me estremeció. Estaba temblando.

A mi lado, las niñas no cesaban en sus comentarios inquietos y sus preguntas:

—¿La has visto?

—¿Dónde está?

—¿Cómo es?

—¿Qué te ha dicho?

—¿Qué ha hecho?

La más pequeña, viendo mi rostro con aquella expresión de enajenamiento sobrenatural y todo mi cuerpo bañado en sudor, sollozó:

—Se está muriendo.

Otra de ellas, con gran estupor, exclamó entre dientes:

—Ha levitado, yo la he visto, ha levitado.

Era el domingo de Carnaval. Más tarde me explicaron que, estando yo arrodillada, con el rostro fijo en la roca, insensible a todo, Jeanne Abadie, que se había quedado con las niñas más rezagadas, lanzó una piedra al rosal exclamando:

—Espera, espera. Voy a apedrear a tu dama blanca y las dos sabréis lo que es bueno.

Esto, junto al desconcierto general y mi pasividad ante cualquier acontecimiento externo, asustó a algunas de las niñas, que huyeron pidiendo socorro. Sus gritos fueron oídos por la madre de Nicolau, el molinero de Savy —aquel molino cercano al canal— y ésta se aproximó hasta donde yo estaba. Cuando llegó, me encontró arrodillada en la losa, con la mirada perdida en la infinita oscuridad de la gruta. Reiteradamente intentó, con dulce solicitud (pues era una mujer de extremada ternura), que volviera en mí y recobrara mi estado normal, pero yo ni siquiera la oía. Entonces fue al molino a buscar a su hijo.

Nicolau llegó en mangas de camisa, con la cabeza descubierta, irónico y dispuesto a burlarse de aquellas «extravagancias pueriles». Yo estaba ya sentada en la piedra, junto al río, con el rostro empapado y la respiración jadeante. Al verme así, semidesmayada y llorosa, con la mirada extraviada y el semblante feliz, el molinero se asustó. Su sonrisa se convirtió en una mueca. No sabía qué hacer conmigo, no se atrevía a tocarme.

—¡Esta niña —exclamó— está arrebatada por un misterio prodigioso y sobrenatural!

No obstante, alentado por la insistencia de su madre, el joven molinero acabó por tomarme entre sus brazos y llevarme con suma precaución hasta el molino.

—¡Ay! —suspiraba la anciana—, ¡qué enigmas!

Luego les preguntó a las niñas qué picardías habíamos ido a hacer a la cueva.

—Picardía ninguna —le aclaró una de ellas—. Bernadette fue a rezar porque asegura que ve a una mujer de color blanco con luces. Y, de repente, se ha quedado así, traspuesta. Nosotras no hemos hecho nada.

—Mentira —repuso la más pequeña—, Jeanne le ha tirado una piedra.

—Tú te callas, enana —intervino Jeanne.

—Me ha llamado enana —lloriqueó la otra.

Pero la madre del molinero ya no atendía a las niñas. Aquella información la había dejado intrigada. Yo veía a una mujer mientras rezaba ¿Qué podía significar aquello?

—¡Ay! ¡Qué misterio! ¡Qué misterio! —replicó sacudiendo la cabeza.

Mis ojos quedaron fijos en la imagen maravillosa. En vano el molinero los tapaba intentando romper el hechizo o interceptar la visión, pero nada podía interponerse entre la imagen y yo, nada podía ocultarla. Intentaron también cerrar mi boca, contener la baba que caía. Tampoco lo consiguieron y a punto estuvieron de

59

hacerme morder mi propia lengua. Tal fue la impresión y el estupor que había marcado aquella aparición.

No volví por completo a la realidad hasta llegar a la cocina del molino, reconocer el acostumbrado mobiliario, enfrentarme a él, sentir en mis mejillas el calor de la lumbre encendida y oír el crepitar de la leña mientras, sentada junto al fuego, con la boca aún abierta, todos me rodeaban, me zarandeaban, me daban palmaditas en la cara y sorbos de agua azucarada que no llegaba a tragar.

Entretanto, las niñas habían vuelto apresuradamente a sus casas para contar lo sucedido. Mi hermana Toinette entró sollozando en el calabozo donde vivíamos diciéndole a mi madre que yo estaba como muerta.

—¡Sólo nos faltaba esto! —había exclamado mi madre fuera de sí—. Esta alucinada será la comidilla del pueblo. ¡Dios mío! ¡Dios mío! Nos meterán a todos en la cárcel por su culpa.

Su retahíla no paró en todo el camino hasta llegar al molino de Savy y, al entrar y verme, prosiguió en un tono aún más irritado.

—¡Pícara! ¡Insensata! ¿Quieres que todo el mundo se burle de nosotros? Ahora pagarás tus beaterías y tus cuentos con esa señora. ¡Iluminada, más que iluminada!

Siempre precavida, se había provisto de un palo que agitaba mientras profería aquella sarta de gritos e insultos. No dudó en levantarlo contra mí, pero rápidamente, la anciana Nicolau la detuvo diciendo:

—¿Qué vas a hacer, desgraciada? Si tu hija es un ángel del cielo. ¿No te has dado cuenta de nada? Ella es la elegida. Detén tu ira y siente el orgullo de ser su madre.

—¿Eeeh? —exclamó mi madre absolutamente conmocionada.

Miró hacia todos lados con su mirada torcida. Yo no me movía, seguía con mi boquita abierta, una sonrisa de feliz borrachera y la imagen de la aparición grabada en mis pupilas.

—¿Elegida para qué? —preguntó a continuación bajando ya el palo.

Nadie respondió a aquella pregunta. Un incómodo silencio presidió los minutos que siguieron. Todos me miraban. Y yo en el centro, totalmente absorta y ajena a lo que pasaba.

—¡Ay la que me espera! —exclamó después mi madre cayendo desplomada sobre un saco de trigo.

Allí estuvo, derrotada, contemplando la escena sin decir nada más, hasta que, pasado el encantamiento, me tomó de la mano para llevarme a casa.

En aquellos días, no podía entender lo que sucedía entre la gente (no llegué a entenderlo nunca, en realidad y, si me apuro un poco, ni siquiera ahora que lo veo desde otra vida). Unos me veneraban, otros deseaban castigarme. En el pueblo todo el mundo hacía interpretaciones acerca de lo que me estaba sucediendo y, en especial, muy en especial, acerca de quién podría ser la extraña dama de las apariciones. Pero, pasara lo que pasara, fuera quien fuera la hermosa señora, se había apoderado de mí; me había llevado a las cotas más altas del placer, de la fantasía, del ensueño. No tenía ninguna intención de renunciar a ella, antes al contrario, mi deseo era ir cada vez más lejos, hasta morir, si era necesario, en aquel estado de sublime fruición.

Durante el camino de regreso a casa, no cesé de girarme para ver la roca de la gruta, allá abajo, en el camino del bosque.

A la mañana siguiente, en el colegio del Asilo, las otras niñas de la clase, que no me habían visto en éxtasis, se mofaron de mí llamándome visionaria, mentirosa y extravagante. ¿Cómo podía hacerles entender que aquella señora me había descubierto el más grande de los placeres existentes? ¿Cómo hacerles degustar aquel paraíso? Ninguna de ellas, estaba segura, había conocido nada parecido y la mejor forma de que me creyeran era llevarlas por el mismo camino de sensaciones que yo había conocido en el acercamiento a mi señora. Al principio, no se me ocurría la fórmula para desvelarles aquel misterio del alma y del cuerpo, pues nada me proporcionaba la excitación que sentía frente a la dama. Pero, guiada por una intuición divina, acerté a encontrar un sistema que nos uniera a todas en aquel gozoso devenir.

Me atreví a reunir a las niñas en la hora del descanso, tan segura estaba de que aquella sensación las impresionaría a todas ellas. Era un grupo reducido, de unas ocho o diez, las que más me habían incordiado y, al mismo tiempo, más curiosas se mostraban. Por eso, cuando les propuse transmitirles lo que me había enseñado mi señora, no dudaron en aceptar. Les advertí que, si seguían todas mis indicaciones, iban a entrar en un estado de sublime arrobamiento como si hubieran ingerido un extraño elixir o hubieran contactado con la divina bondad, como ocurría con santa Teresa —las hermanas, a menudo, nos hablaban de ella y de sus éxtasis—. No debían tener miedo de lo que ocurriría en su interior ni impedir a su cuerpo que se expandiera como deseara y reclamara.

Cuando las tuve a todas a mi alrededor, cerré los ojos y me concentré con ahínco en la imagen de la dama iluminada en el interior de la gruta. Enseguida la vi. Se me apareció como un festival de lucecillas en la oscuridad de mis párpados apretados y pronto comencé a notar aquel cosquilleo que ya conocía y que tanto me agradaba.

—¿No lo sentís? —les dije a las otras niñas—. ¿No sentís un hormigueo entre las piernas?

Estábamos todas en círculo, arrodilladas con las nalgas reposando sobre los talones, tal como yo había indicado.

—Balancead suavemente vuestras caderas —propuse—. Pensad en una hermosísima mujer vestida de blanco. Sus pechos son blandos como la masa del pan. Recordad la textura esponjosa que tiene la ubre de una vaca cuando la ordeñáis en el establo; y aquel líquido blanco y cálido que os corre entre los dedos. Recordad la miel. Mirad qué parcela de hierba, dorada y ocre, se extiende bajo su vientre. Si vuestros dedos entran en esa pequeña caverna que protege tan espumoso rizo, notaréis un manantial almibarado que lo baña; el mismo que ahora os corre y se desliza por vuestra escondida bóveda. ¿No notáis ese hormigueo?

—Sí, yo lo siento —exclamó con un hilo de voz una de ellas.

—Yo también —dijo otra—. Tengo miedo.

—No os asustéis. No temáis. Pensad que esa dama blanca se os entrega por entero. Enredad vuestros dedos en su pelo, una larga y lacia cabellera dorada. Deslizad vuestras manos por sus hombros y su cuello. Recorred con vuestra lengua el lóbulo perfecto de su oreja. Besadla. Notad que su saliva es aún más dulce, más fresca y agradable que el sabor de las más gordas y oscuras cerezas. Explorad vuestra piel entre las ropas, como lo haríais con ella. También está húmedo el incipiente rizo que os está naciendo bajo el regazo. ¿Notáis ahora ese hormigueo?

—Sí, sí —exclamaron otras voces.

—Yo también.

—Y yo.

—Yo también lo siento.

—Cruzad vuestras manos sobre el pecho. Yo también sentí, la primera vez, que mis pezones se erguían como lo están ahora los vuestros. Y temí por ellos, pero al tocarlos toda mi piel se erizó con una agradable sensación de algodones. Tocadlos sin miedo. Agitad vuestro cuerpo con ritmo, sin perder el compás. Recitad, si eso os ayuda, alguna plegaria, alguna letanía. No perdáis de vista a esa hermosa y brillante dama que ahora os invade, se introduce en vuestro interior, os levanta, os transporta... Seguid, seguid adelante hasta el final, sin que nada os detenga, sin temor a la inmensa explosión que se avecina. Seguid, sentid y entregadle a ella todo el placer que se está apoderando de vuestro cuerpo.

Durante los minutos que siguieron, mi voz dejó de oírse para dar paso a los suspiros de las niñas, al roce de las telas de sus faldones, al sibilino murmullo de sus rezos, a sus gemidos, a sus lamentos, a sus jadeos y, por último, al estallido de gozo que las niñas lanzaban en el momento de alcanzar la culminación de sus emociones y hacer entrega de ella a aquella hermosa señora que había nacido en la imaginación de cada una.

Cuando la hermana Geneviève llegó hasta donde estábamos alertada por unos quejidos que le resultaban extraños, sólo quedaba ya nuestra respiración honda y entrecortada. Nos encontró arrodilladas en círculo, con las manos unidas, el semblante arrebatado, sudorosas y con la cabeza agachada ocultando las lágrimas que a más de una le corrían mejilla abajo. Aquella visión, más que asustarla, la emocionó. Se quedó inmóvil en la puerta del oratorio antes de atreverse a preguntar con voz trémula:

—¿Qué estáis haciendo, pequeñas?

—Orando, madre —respondí yo—, orando.

3

El doctor San Hilario habría estado orgulloso. Quién sabe si no fue, en cierta medida, zahorí del pasado, si no estaba dotado de una clarividencia tal que presumía mi reencarnación y lo único que pretendía era darme el dato justo, el indicio necesario para indicarme el camino. Habría estado orgulloso si hubiera podido escuchar los acontecimientos que estoy narrando y, en especial, los que sucedieron; si hubiera sabido el verdadero origen de aquel monigote que se sentaba frente a él en un despacho intentando descubrir la naturaleza de su mal. Aunque no descarto que algo en su interior se lo anunciara, ya que fue él y no otro quien me dio la clave.

—Parecía un ángel —referían en el pueblo los que habían sido testigos de mi tercer rapto—. Como esos que están en los altares en actitud devota.

Las hermanas del Asilo me habían advertido que no me fiara de las apariciones, aunque, en el fondo, estaban convencidas de que yo no mentía. También su curiosidad e inquietud eran latentes.

Todos querían saber quién era la hermosa dama y,

por ello, siguieron haciendo las más variadas conjeturas acerca de su identidad. Era, como había temido mi madre, la comidilla del pueblo, el tema de todas las tertulias, la charla favorita del café. Algunos aseguraban que se trataba del maligno, otros de un alma en pena, la mayoría se inclinaba por creer que era la Santísima Virgen y el sector más escéptico insistía en que no eran más que alucinaciones de una mequetrefe atontada y enfermiza.

Por los detalles que le habían dado, la señorita Antoinette Peyret, hija del alguacil y congregante de Lourdes, pensó que podría ser el espíritu errante de su presidenta, portador de algún secreto mensaje, que recurría a mí para transmitírselo.

—Esta señora que tiene el aspecto de una joven y que lleva velo blanco y un lazo azul es, sin duda, una hija de María —refirió a sus compañeras de congregación—. ¿No será acaso el alma de nuestra querida presidenta, la señorita Elisa Latapie, cuya desgraciada muerte hace pocos meses nos conmovió a todas? ¿No será ella la que se aparece para implorar oraciones?

Sólo había una forma de cerciorarse. Al anochecer del miércoles 17 de febrero se presentó en el calabozo acompañada por otra piadosa mujer con la intención de llevarme de nuevo a Massabieille.

Nos encontraron a mi madre y a mí riñendo, pues yo no cesaba en el empeño de volver a la gruta. Mi hermana intentaba, en vano, calmar su ira recordándole las palabras de la madre del molinero, pero ella insistía en un no rotundo repitiendo que ya era suficiente con lo que había pasado hasta el momento.

—De acuerdo —decía—, te encontraron muy arrobada y todo lo que quieras, pero se acabó. Ya está bien de ser la comidilla del pueblo. ¿Eres un ángel? Pues muy bien. Todos te admirarán y te respetarán por tu beatitud. Pero se acabaron los paseíllos a la gruta. No quiero que se conviertan en un espectáculo.

—Eso —confirmó mi padre, completamente borracho, desde el rincón de la alacena.

En ese momento, vimos aparecer a las dos congregantes. Mi madre se llevó las manos a la cabeza y, temiendo lo peor, se sentó en una silla para escuchar con paciencia las instancias de las dos mujeres, mientras con una rama seca azuzaba el fuego. No tardaron mucho en convencerla; al fin y al cabo, no tenía argumentos para negarse y ella misma lo sabía.

—¿Qué puedo hacer, Dios mío? —musitó—. ¿Qué voy a hacer si esto se extiende?

—Eso digo yo —asintió mi padre—. A ver qué vamos a hacer.

Y con un gesto de irremediable aceptación, la señora Louise, es decir, mi madre, dio su consentimiento para que a la mañana siguiente acompañara a las congregantes a la que ya empezaba a llamarse «la gruta milagrosa».

Volvieron a buscarme antes del alba para no llamar la atención de nadie. Por el camino, la campana de la iglesia románica sonaba anunciando la misa. Fuimos a oírla y bajamos luego por las calles desiertas, con paso apresurado, caminando sobre los guijarros puntiagudos. Las ventanas de las casas permanecían cerradas y apenas se oía el murmullo de algún ave que empezaba a despertarse en el corral. La señora Peyret llevaba escondida, dentro de los pliegues de su capucha negra, una hoja de papel, una pluma y un tintero de a dos sueldos. La otra mujer se había provisto de un cirio bendito, que adquirió en la fiesta de la Candelaria y que solía encender en su habitación en las festividades de la Virgen y en tiempo de tempestad.

Imantada por mi fervor y mis presentimientos, en las cercanías de la cueva, emprendí el vuelo como una golondrina. A pequeños saltitos y cabriolas, llegué hasta la gruta y me arrodillé frente al nicho de la roca y el rosal silvestre.

Así me encontraron aquellas señoritas cuando llegaron. La amiga de Antoinette Peyret encendió el cirio y ambas se arrodillaron imitándome.

—*Oremus* —dijo en voz baja una de las mujeres—. Si la señora invisible es verdaderamente la que creemos, nuestros ruegos tienen que serle agradables.

Miré el fondo oscuro de la gruta, más oscuro que nunca. ¿Vendrá hoy?, me asaltaba la duda, ¿se aparecerá ante estas dos beatas? Cogí mi rosario y empecé a juguetear con él entre los dedos mientras esperaba. De repente exhalé un grito:

—¡Hela aquí! ¡Ahí está otra vez!

Me parecía increíble. ¿Quería eso decir que se aparecería siempre que yo acudiera, independientemente de quién estuviera conmigo y lo que deseara? Pero ¿qué podía hacer yo ante un público tan ávido de descubrir la identidad de mi señora? Extendí los brazos hacia delante (aquellas mujeres pensarían que los extendía hacia el vacío) y rodeé con ellos la cintura de la dama quien, sin preámbulos, ya se había despojado de su túnica y me cubría a su vez con sus largas y sedosas extremidades. Así permanecí durante unos instantes, sin saber qué hacer, temerosa de que alguno de mis movimientos pudiera alertar a las congregantes.

La voz aflautada de la señorita Peyret rompió la espera y el silencio. Me estaba dando el papel y la pluma mojada de tinta para que se lo ofreciera a mi señora y ella, por escrito, manifestara cuál era su identidad y sus deseos.

—Vamos, niña —insistía la hija del alguacil—. Dile a esa señora que escriba su nombre. Pregúntale qué es lo que quiere. Si tiene necesidad de misas o cualquier otra cosa, las haremos. Haremos todo lo que nos pida, pero que lo escriba.

Yo desprecié la pluma con un gesto y maldije en mi interior aquella incómoda presencia, pues no podía ofrecerle a la dama mi cuerpo en plenitud como sucedió en las ocasiones anteriores.

—Lo lamento, amada señora —pronuncié en voz baja.

Ella sonrió y, con un guiño, me indicó lo que debía hacer. Me giré de nuevo hacia las mujeres y les arrebaté el papel y la pluma. Retrocedí con ellas unos cuantos pasos, alejándolas del rosal hasta un lugar desde el que sólo se podía ver la oscura entrada de la cavidad y les indiqué que no se movieran de aquel lugar.

—¿Qué pasa? —preguntó la amiga—. ¿Nuestra presencia molesta a la señora?

—No hay necesidad de asustarla —respondí—. Quédense aquí y sigan con sus oraciones. La señora desea un rosario completo.

Y me dirigí de nuevo hacia la roca con aquel papel y aquella pluma. Nada más entrar, los arrojé al suelo y me apresuré a desnudarme.

De nuevo me hundí en sus brazos, en su vientre, agarrándola con fuerza, girando en un torbellino infinito. Besos, caricias; sus menudos y afilados dientes hincándose en mi cuello, en mis orejas. La sal de su piel en mi lengua, el sudor; un laberinto de dedos, manos, uñas, perfiles, siluetas. Gemidos, espasmos. Y en aquella cúpula de tactos, de pieles, sintiendo su vello rizado cosquilleando en mi nariz, un manantial de gelatina dulce se deslizó por mi lengua hasta el fondo de mi boca. De nuevo un pozo sin fondo, una espiral que cae hacia arriba; el intenso galopar por una pradera llena de surcos y colinas. La escalada arrolladora hasta alcanzar esa cima ya conocida, ya esperada y deseada. Y después, su manto enredado entre nuestros cuerpos exhaustos y satisfechos; desenredarse entre risas y más besos. Y más caricias, ahora dulces, tranquilas, lentas, mesuradas. Oí su voz: aquella cascada de campanillas pidiéndome que volviera, que regresara allí durante los quince días siguientes. Que no faltara a la cita, que ella estaría esperándome. ¡Qué maravillosa puerta abierta me estaba ofreciendo! ¡Y con qué dulzura! ¡Qué sensual su voz cuando me hablaba!

Mientras recogía mis ropas para vestirme, me arrodillé de nuevo y, cuando acabé de ligarme el mandil, recogí el papel y la pluma, que habían quedado tirados en el suelo, testigos de nuestro intenso retozar, y corrí hacia las mujeres, que aún me esperaban, rosario en mano, al otro extremo de la cueva.

—¿Qué te ha dicho? —preguntaron llenas de emoción al ver mi rostro iluminado.

—Que tenga la bondad de venir aquí durante quince días —exclamé—. ¡Que tenga la bondad! ¿Se dan cuenta! Me ha tratado de vos.

—¿Qué has contestado?

—Le he dicho que sí, que nada podrá detenerme.

—¿Y para qué quiere que vengas, la señora? —interrogó la amiga con una mirada confusa.

—No lo sé —respondí.

—¿Por qué nos has indicado que nos fuéramos, que esperáramos aquí?

—Para obedecer a la señora.

—¿Acaso nuestra presencia le disgusta? Te ruego que se lo preguntes —exclamó azorada la hija del alguacil.

Así lo hice. Regresé a la cueva y aún estaba allí, quieta, serena, altiva. Yo seguía con el papel y la pluma entre mis manos y sin saber qué hacer con ellos. Las dos nos reímos al mirarlos. Luego, con su voz profunda y aquella seguridad que la dotaba de absoluta perfección, me indicó lo que debía responder.

—Me ha dicho —expliqué al volver— que no os promete haceros felices en este mundo, pero sí en el otro.

Y les devolví, por fin, el papel y la pluma. Las señoras se santiguaron emocionadas.

—¡Oh! ¡No ha escrito nada! —advirtió sorprendida la señorita Peyret—. Pregúntale quién es.

Al girarme otra vez, la imagen había desaparecido. Miré a las dos mujeres con aire desconsolado.

—Los seres sobrenaturales —acerté a decir— no revelan su secreto. La señora es mi ama. Volveré aquí durante quince días y lo haré sola, pues sólo yo la veo. Sólo a mí me reclama.

Entonces, las tres nos pusimos a rezar en voz muy baja, tal como había propuesto la señorita Peyret.

Se oían, monótonas, la canción eterna del Gave rodando sobre los guijarros y nuestra oración al abrigo de la blanca inmensidad de los Pirineos. Nada se alteraba. Desde el bosque llegaba la melodía alegre de los

pájaros como un canto de esperanza. Ya nada podría
detener aquel devenir. El misterio se había renovado.

—¡Ah, qué feliz debéis ser de tener una hija como
ésta! —habían dicho las dos mujeres a mi madre cuando me devolvieron a casa.

Pero ella estaba muy lejos de sentirse una madre
privilegiada. Tampoco las hermanas del colegio tenían
una opinión clara acerca de mis alucinaciones, en especial la madre superiora, que me llamó para interro-
garme.

—Volveré allí durante los próximos quince días —ase-
guré—. Ella me lo ha pedido y debo hacerlo.

Las otras hermanas me miraban con recelo, me acu-
ciaban con sus preguntas.

—¿Quién es?

—Una dama blanca.

—¿Qué quiere?

—Sólo amor.

—¿Qué te ha pedido?

—Quiere que vaya allí durante quince días sin faltar
ninguno. Quiere verme, estar conmigo.

—¿Por qué te ha elegido a ti?

—Lo ignoro.

—Esa mujer no es humana —afirmó la superiora—,
te ha transtornado.

—Es cierto —confirmó la hermana Emmanuelle—, te
tiene poseída.

—Soy suya —afirmé.

—*Ex corpo exire!* ¡Que el demonio salga de tu cuerpo! —gritó la superiora.

—No es el demonio —afirmé con energía—. Ella es amor, igual que Dios.

—¡Sacrílega! —bramó.

—Ella es amor —repetí sin inmutarme, clavando mis ojos en la superiora—, la más alta expresión del amor.

Aturdidas ante mi firmeza y mi arrogancia, acostumbradas a la timidez y usual ñoñería que me caracterizaban, callaron todas y un helado silencio inundó la sala. Mantuve la mirada de la superiora, fija en mí, amenazante.

—Si queréis saber —propuse lentamente— hasta dónde llega el amor de mi señora, orad conmigo hermanas, yo os invito.

Quedaron todas intrigadas por aquella insinuante propuesta, pero no hicieron señal de aceptarla. La madre superiora no dijo nada, respiró profundamente, siempre con su mirada clavada en mis pupilas, y ordenó que me rctirase. Antes de abandonar la sala, me llamó para anunciarme que tendríamos una nueva conversación, esta vez en privado, y que ya me avisaría.

Siguiendo mi promesa, a la mañana siguiente, al rayar el alba, me encaminé de nuevo hacia la gruta. No se oía más que al arroyuelo que se escurría por la pendiente de las calles. A pesar de mi discreción y las precauciones que tomé para que nadie se percatara de mis visitas a la gruta, unas vecinas al acecho, que espiaban por las rendijas de los postigos, me siguieron. Una pequeña comitiva de una decena de personas bajó tras de mí a Massabieille por el camino del bosque. Pero ¿qué podía hacer yo? Despistarla era imposible, el pueblo no era tan grande. ¿Acaso impedir que me siguieran? ¿Acaso negarme a mi promesa y al deseo tan hondo que sentía por encontrar a mi señora?

Apenas arrodillada frente a la gruta, entré de nuevo en aquel éxtasis maravilloso. Efectivamente, la dama había venido a posarse sobre la rama del rosal silvestre.

—¡Qué hermosa es! —exclamé.

La señora, en aquella ocasión, no dijo nada. Yo sabía que debía contemplarla en silencio y esperar. A la dama no le gustaba la presencia de otra gente, aunque no pudieran verla. Desató el manto azul que envolvía su cintura y descorrió su túnica dejando entrever su cuerpo blanco, casi tan blanco como el vestido; sus pechos pequeños y erguidos, su poblado pubis negro.

—¡Oh, mi señora! —exclamé—. ¿Qué puedo hacer en este momento?

Yo quería seguir su ejemplo. Despojarme de mis ropas y acercarme a ella para abrazarla. Pero qué pensarían todas aquellas gentes... Entonces sí, me tomarían por loca, creerían que el demonio estaba detrás de todo aquello. Tal vez me encerrarían o me quemarían en la hoguera. ¡Dios mío! Cuánta angustia y cuánto deseo mezclados.

No me atreví a desnudarme, ni siquiera me acerqué a tocarla. Tomé el rosario entre mis dedos y lo manoseé con delicadeza mientras observaba a la dama. Su cuerpo, ya liberado por completo de sus ropas, sólo acariciado por el velo blanco que caía a su espalda, aparecía ante mí con toda su plenitud. Recorrí sus formas, su piel milímetro a milímetro, hasta aprenderla de memoria. Y por la noche, ya desvanecida su imagen, ya de regreso después del trasiego de la pequeña multitud, después de las oraciones de rigurosa ejecución, en el silencio de mi cama, la evoqué, dulce señora, y la traje hasta mí. Y recorrí entonces mi cuerpo como deseaba haber recorrido el suyo aquella mañana. Acaricié mis senos como deseaba volver a acariciar los suyos, me hundí en mi propia humedad como deseaba haberme hundido, hasta ahogarme, en la suya. Y en ese bucear de mis dedos entre labios mojados, agitándome, revolviéndome sobre mí misma, con la sensación certera de tenerla entre mis brazos, descendí hasta el abismo. Mi respiración ardiente era la suya; mi temblor, el de ambas; mi gemir, su canto; y mi estallido, el palpitar de su sangre viajando veloz por sus venas.

Luego reposé tendida en el jergón, con un brazo extendido como si de verdad la estuviera rodeando, con la cabeza reclinada hacia un lado, como si de verdad la tuviera apoyada en su regazo.

Aquella noche, antes de acostarme, había comunicado a mis padres la petición de la señora y mi firme propósito de cumplirla. Iría a Massabieille cada día durante quince días. Mi madre, totalmente desconcertada e impotente, había ido a visitar a su hermana mayor, la tía Bernarde, para pedirle consejo. Al parecer, mi tía le había pedido un poco de tiempo para reflexionar, pero, al cabo de pocas horas, se presentó en el calabozo para dar su siempre respetada opinión.

—Si la visión es del cielo —la oí decir desde mi cama—, no puede suceder nada malo aunque Bernadette continúe con las visitas. Si es del infierno...

—¿Qué? ¿Qué? —interrogaba mi madre.

—Pues... si es del infierno...

—¿Qué pasa si es del infierno? —balbuceó la voz gangosa de mi padre.

Hubo unos segundos de silencio hasta que, por fin, mi tía sentenció:

—Pues que no puede ser, ea, que no. La Santísima Virgen no puede permitir que una niña que se entrega a ella rezando el rosario sea engañada por el demonio. Lo que debemos hacer es ir allí y ver lo que sucede. Bernadette es nuestra. Vamos a Massabieille y pronto sabremos lo que debemos hacer.

—¡Oh, no! —imploré yo en un susurro, arrebujada entre las mantas.

El sábado 20 de febrero volví a la gruta a primera hora de la mañana acompañada por mi madre. Recuerdo que llevaba un vestido estrecho y ligero, tejido en lana de color marrón que me picaba mucho. Iba cubierto por un delantal y con un pañolón cruzado sobre el pecho. Un pañuelo pirenaico de Madrás, con los dibujos descoloridos, cubría mi cabeza y enmarcaba mi cara dejándola a merced del viento helado que aquella mañana azotaba el valle del Gave; sobre el pañuelo, la caperuza blanca que mi madre había comprado años atrás en el mercado de delante de la iglesia. Llevaba también mis zuecos con escarpines zurcidos y medias de lana.

Cuando llegamos a Massabieille, una inmensa muchedumbre había invadido la gruta y sus alrededores. Algunos jóvenes se habían subido encima del nicho cogiéndose a las ramas de los arbustos. Se oían comentarios, rumores; un zumbido insistente que se detuvo al llegar yo. «Dame fuerzas», imploré. La muchedumbre, en un profundo silencio, me abrió paso hasta el lugar donde solía arrodillarme: una losa fina ante el rosal silvestre.

Prescindiendo de toda aquella gente, intenté concentrarme al máximo para invocar a la visión. No veía más que la hornacina donde había de aparecer la mujer de mis deseos. Apreté los ojos y repetí para mí misma:

—Que aparezca, que aparezca, tiene que aparecer.

De repente, se encendió la gruta con rayos que emanaban desde el fondo y una voz a mis espaldas, trémula, exclamó: «Ahora la ve». El eco se reprodujo lejano hasta apagarse y, entonces sí, la imagen iluminada emergió como de costumbre envuelta en estrellas. ¡Qué hermosa fue entonces su primera sonrisa! ¡Qué cómplice, qué amorosa!

—¡Oh, mi señora! —le dije—, anoche os evoqué en mis sueños.

—Lo sé —respondió.

—Me entregué a vos con todo mi empeño.

—Yo lo sentí —dijo ella.

—¡Oh, mi señora! Dejadme repetir esa escena ahora que estáis presente.

Con un suave movimiento, sus dedos largos deshicieron el lazo azul que abrazaba su cintura. Abrió el manto, escaló con sus manos hasta el borde de los hombros, y lo dejó caer al suelo.

—¡No hay belleza que se pueda comparar a vos, mi dulce señora! —exclamé al ver ante mí su cuerpo ligero; siempre me parecía la primera vez, siempre me parecía estar contemplando algo nuevo, algo único, indescriptible y misterioso—. ¿Qué puedo daros yo, que soy tan poca cosa? Tomadlo todo de mí. Bebed mi sangre si ése es vuestro deseo. Soy toda vuestra. Tomadme —y extendí los brazos y bajé la cabeza sollozando de emoción.

Arrodillada frente a mí, ella tomó mi cara entre sus manos y la alzó hasta que mis ojos rozaron los suyos. Acercó sus labios a los míos y hundió en ellos su lengua esponjosa y limpia. De nuevo nos fundimos en el abrazo y nuestros cuerpos se balancearon mientras nuestras manos ansiosas se perdían por lo más recóndito de nuestra humana geografía.

¿Humana he dicho? Aquella mujer no era humana, no era humano aquel abismo. Sentí, otra vez, que me elevaba con ella hasta el firmamento. Siempre la misma sensación y siempre nueva, distinta. Ya ni mis pies, ni mis rodillas tocaban el frío suelo. Ya las nubes me envolvían y yo me dejaba arrastrar por corrientes eólicas en un vertiginoso vuelo de subidas y descensos. Siempre un camino diferente para llegar al mismo sitio. Ya nuestros cuerpos retozaban en el esponjoso lecho que debieron de tejer los ángeles para nosotras. Ya girábamos en el aire, pecho contra pecho, con los brazos aferrados a la espalda, a los hombros, a la cintura, a las nalgas. A sus nalgas redondas y mullidas. Y otra vez sus pechos erguidos reclamando mi lengua. Y otra vez el carrusel de colores, suspiros, cascabeles... Y una especie de vértigo se apoderó de mí, me atacó hasta las entrañas, al saber que aquello podía desaparecer en unos segundos. Y sentí que no me importaba nada morir en aquel momento.

—¡Detened el tiempo, mi señora —exclamé desesperada—, detenedlo!

Pero el tiempo transcurrió y aquel momento se desvaneció, como había ocurrido en las ocasiones anteriores. Un descenso lento, un abrazo que se pierde, una luz que se va apagando poco a poco. Y mis brazos extendidos, implorando que no llegue el final, y su fulgor se extingue como un eclipse mientras siento las rodillas clavadas en la losa y el frío hiriendo mis mejillas, helando las lágrimas de emoción que me corren.

Volvió el murmullo de la gente que, al ver mi rostro ensombrecido, había comprendido que la visión ya no estaba.

—Miradla, parece admirada de encontrarse todavía en este mundo.

En efecto, aquel brusco despertar, no era otra cosa que el regreso a las penas, a la miseria y a la oscuridad de mi hogar.

Allí estábamos otra vez. Mi madre yendo y viniendo. Los hombres pasándose la botella unos a otros. Las mujeres dándome aire y la lumbre encendida.

Algunos testigos narraban entusiasmados lo que habían visto. Sentado en el alféizar estaba el señor Rocher con sus piernas lisiadas colgando sin llegar al suelo y las muletas apoyadas en el muro. Sólo teníamos una silla y en ese momento la ocupaba yo.

—Pero, ¿tú la viste? —preguntó Rocher a uno de los narradores.

—Claro, estaba muy cerca de ella.

—¿Y cómo es esa señora?

—No vi a la señora, estúpido, sólo vi a la niña, pero sé que hablaba con ella y sus gestos cuando dialogaba eran...

—¿Y cómo sabes que es una señora?

—¿Qué va a ser si no, una oveja? —gruñó molesto el narrador, que tenía un especial interés por describir mis movimientos—. Te digo que sus gestos no eran comparables con nada.

—Podría ser un señor —insistió Rocher.

El testigo cogió la botella y echó un trago. Luego se limpió los labios con la manga y prosiguió en tono irritado.

—Los señores nunca se aparecen. Siempre son hermosas damas vestidas de blanco, generalmente rubias y con los ojos cristalinos. Eso dicen todas las apariciones. Si tuvieras un poco más de cultura lo sabrías. Además, la niña lo ha dicho y ella es quien la ve. Así que no hay más que hablar.

—Puede ser una pantomima de la niña. Tú te lo crees todo.

—Pero si tú no has estado allí. Os aseguro —prosiguió dirigiéndose a todos— que nunca había visto nada parecido. Por sus movimientos se nota que se trata de algo muy especial. Está en éxtasis, tal como narran los libros que hablan de apariciones. Más vale andarse con cuidado ante estas cosas, no vaya a ser que nos encontremos delante de una santa.

—Es cierto —intervino una mujer—, deberías verlo por ti mismo, Rocher. Sus arrobamientos son celestiales. Deberías ver con qué gracia se inclina, cómo su cuerpo se ve atraído hacia delante, de qué forma lo balancea como si estuviera mecida por las olas. ¿Y sus manos? Sus manos parecen abrazar..., no sabría cómo decirte, parece que estén abrazando a un espectro. Pero su cara, que acostumbra a ser blanca como la nieve, sube de color poco a poco. Parece que un fuego interior le quemara las entrañas. En un momento dado, sus ojos se

82

agrandan, se salen de las órbitas, comienzan a girar y ella jadea, se agita y se estremece. Parece quebrarse en un grito. Es como una explosión. Yo creo que es una descarga de amor y de fe. Ahora que he sido testigo, estoy segura. Estoy segura de que la niña no miente y de que lo que ve, lo que le sucede, no es cotidiano.

El incrédulo Rocher bajó torpemente de su asiento y, mientras se colocaba las muletas bajo los sobacos, exclamó con despecho:

—¡Bah! Yo no me creo esas historias. Las damas no se aparecen para hablar con niñas, sino para hacer milagros.

Salió después renqueando bajo la mirada atenta de todos, que siempre temíamos que tropezara, y la puerta se cerró tras él con un chirrido escandaloso. Días más tarde, el incrédulo Rocher habría de convertirse y sería uno de mis más fervientes y fieles defensores.

El otro hombre se fue un poco más tarde y también las mujeres. Mi madre, que se había mostrado todo el tiempo apesadumbrada y recelosa y que en toda la velada sólo había pronunciado la frase: «Ya no reconozco a mi hija», se retiró también a sus tareas después de arrastrar a mi padre hasta la cama. Y yo me quedé sola, en el silencio húmedo y oscuro de aquel calabozo. Cayó bruscamente el vacío, como una herida abierta en el estómago, justo en la boca del estómago. Las paredes enmohecidas, las grietas en el suelo y en los muros, parecían abrirse en mi interior. Todo era gris y macabro en contraste con el recuerdo aún vivo de la luminosa presencia de la visión.

Al día siguiente volvería, ése era mi combustible, la energía que me mantenía viva y me ayudaba a salir adelante, a enfrentarme con todas las adversidades. Al día siguiente volvería.

Y efectivamente, al día siguiente estaba allí. Era domingo y la multitud era aún mayor. ¡Qué podía ya importarme! Allí iba yo, gallarda y atrevida a buscar el pan de mis días, mi salvación, mi remolque. Vinieron obreros, canteros y picapedreros que, por ser su día de descanso, podían acercarse hasta la gruta para observar. La noticia iba extendiéndose de tal manera que cada vez eran más y no sólo del pueblo, sino de toda la comarca los que conocían el evento y querían comprobar por sí mismos lo que estaba sucediendo.

De la Academia de Medicina habían enviado a un representante con la misión de observar el caso y redactar un informe para la facultad. Era el doctor Dozous, con su fama de escéptico. Se colocó a mi lado durante la aparición y me tomó el pulso. Aquel día mi visión sólo fue contemplativa. Tenía pegado al galeno que no paraba de auscultarme y toquetearme por todas partes. En algún momento incluso sentí que me hacía cosquillas. Mi señora se reía y yo la veía danzar ante mí, acariciarse, pasar su mano por sus níveos pliegues enseñándome cómo debía hacerlo cuando estuviera sola.

Alguien había dejado un cirio encendido dentro de la gruta. Lo cogí entre mis manos y lo balanceé con movimientos enérgicos, como si quisiera ahuyentar a un espíritu maligno. Lo que conseguí, tal como deseaba, fue ahuyentar al médico. Para asustarle un poco más, acerqué los dedos a la llama simulando no sentir nada y oí que el doctor exclamaba en patués:

—*Moun Diou! Qu'es brulla!*

Entonces, se retiró a observar desde un poco más

atrás. De esta forma, yo podía cubrir el cirio con mi cuerpo y, debido a la estrechez de la cueva, el doctor no llegaba a ver mis movimientos aunque se inclinara para intentarlo. Para más seguridad, le advertí que no se acercara.

Ya en situación, coloqué el cirio entre mis piernas, me subí con disimulo los faldones y el mandil, separé el calzón y lo introduje en el húmedo agujero que se abría bajo mis bragas. Acomodé de nuevo las nalgas para que reposaran sobre los talones y mantuve el cirio agarrado con las manos como si fuera la rienda de un caballo. Así podía desplazarlo arriba y abajo, deslizándolo con suavidad por la gelatina que brotaba a raudales de mi tierna oquedad. Y empecé a cabalgar con lentitud, casi sin moverme.

Y la amazona vuela otra vez sobre cordilleras nacaradas, cruza dorados desiertos, atraviesa océanos, salva acantilados y entra en la tormenta. ¡Arriba, arriba! Galopa sin fin mi brava montura. Un rayo me traspasa, el trueno me agita y veo a mi señora trotando también a lomos de su propia mano. Las dos unidas, separadas por ese pequeño espacio vacío de la cueva, pero unidas. Y la tormenta sigue descargando su furia. ¡Adelante, adelante con fuerza, alazán, que la meta está cerca! Pero, en ese instante, algo se quiebra.

Unas manos me estaban agitando desde atrás tomándome por los hombros. Me desenganché velozmente del cirio y lo planté en tierra. Nunca había sido tan brusca la desaparición de la visión, pero en aquel momento no me preocupó. Me habían asustado, temía una reprimenda.

Era, de nuevo, el doctor Dozous, que no hizo caso de mi advertencia y alertado por mis movimientos se acercó a reconocerme. Tomó mi mano. Parecía aturdido, nervioso. Primero echó una rápida mirada al cirio que, curiosamente —milagrosamente, se diría—, aún permanecía encendido. Después observó con detenimiento la palma de mi mano, las uñas, los dedos, los nudillos, ajustando continuamente su monóculo para asegurarse de que la vista no le engañaba. Sólo había algunas gotas de cera reseca entre mis dedos, ningún rastro de quemaduras.

—*Nou ya pas arré!* —exclamó con solemnidad tomando el monóculo entre sus dedos—. En verdad que no hay nada —insistió dirigiéndose a los que se encontraban más cerca.

Hizo una pausa y se volvió para mirarme otra vez, tras lo cual, suspiró.

—Debo manifestar humildemente —concluyó— que mi ciencia no alcanza a entender el arrebato de esta niña y su insensibilidad ante las fuerzas de naturaleza terrenal.

Sacudió la cabeza. Con el ceño fruncido y aire preocupado, recogió sus bártulos, los metió en el maletín y se retiró a redactar el informe, dejándonos a todos anonadados. No sería tan escéptico el doctor como decían, ya que, posteriormente, fue él quien inauguró el despacho de constataciones médicas del santuario de la Virgen de Lourdes y certificó la veracidad de un sinfín de curaciones milagrosas.

Yo, por mi parte, desde aquel día acudí a la cita con un cirio en la mano.

4

Mi recuerdo es cada vez más nítido. Las imágenes se abren paso y descubren los detalles más pequeños; las sensaciones vuelven, se apoderan de mí. Son tan precisas, tan claras. La pesadilla ha terminado. Sé que mi memoria no me está traicionando. Y lo veo, veo la verdad y entiendo la aventura de esta vida, que no tiene otro sentido que la consecución de mi relato. Ha sido un despertar brusco, violento como la erupción de un volcán, pero a la vez claro y tranquilizador.

También entonces la violencia de los hechos fue arrolladora. Pretendieron acorralarme. Me llevaban a sus despachos, me interrogaban, me acosaban como a los asesinos. ¿Qué crimen había cometido? ¿Acaso es crimen dejarse envolver por el amor desesperadamente? Si me hubieran dejado sola desde el primer día, nada de todo aquello habría sucedido. Pero yo no me amedrentaba. Seguía adelante. Siempre valiente y dispuesta a afrontar lo que me viniera encima. La fe nos hace fuertes y valerosos.

No pudieron conmigo ni el procurador imperial, ni el comisario de policía, ni el alcalde de Lourdes. A todos ellos tuve que enfrentarme, dar explicaciones. Acudía a las entrevistas llena de fuerza. Y siempre salí victoriosa. El primero en llamarme fue el procurador. Fui a la cita sola y gallarda. No tenía miedo de nada. Como es costumbre en estos lugares, tuve que esperar durante un buen rato. El procurador, señor Dutour, estaba reunido con el alcalde, señor Lacadé y el comisario de policía, señor Jacomet. Desde la salita donde aguardaba les oía hablar.

—¿Qué son todos estos cuentos? —decía el alcalde con su voz pastosa y algo bronquítica.

—¡Esta gente forma aglomeraciones muy peligrosas! —aseguró el comisario.

—Si esto continúa habrá desgracias —ahora era el procurador con voz profunda y engolada—. Los que se suben a las piedras del Gave caerán y se ahogarán en él; los que trepan por las rocas o se suben a las ramas de los árboles caerán también, como pájaros, y morirán aplastados. Habrá accidentes y nuestros superiores buscarán responsables. ¿Qué haremos entonces? ¿Qué explicación podremos dar?

—Se reirán de nosotros si decimos que todo este barullo lo ha organizado una niña que cree ver a una señora —dijo el alcalde—. Aunque, por lo que dicen —añadió después de una pausa—, la tal señora es estupenda.

—Señores —prosiguió el comisario—, repito que no podemos permitir este tipo de aglomeraciones. Calesas y vehículos venidos de todas partes ocupan las cocheras, los patios, las calles y las plazas. Nuestros apacibles habitantes son despertados al alba por los zuecos de todos los curiosos que van presurosos a Massabieille. Hay que evitar desde un principio esta perturbación ridícula de una honrada ciudad de cinco mil almas.

—*Principiis obsta* —sentenció el procurador—. Jacomet tiene razón. Impídase al principio.

El alcalde siguió:

—La campiña y las aldeas de los alrededores saben ya lo que sucede en Lourdes y sólo esperan la ocasión propicia para venir a verlo.

—En especial los días de mercado —añadió el comisario— habrá una afluencia que no se podrá canalizar ni dominar ni controlar siquiera.

Al final, el señor procurador resumió la conversación con estas palabras:

—Hay que suprimir todas estas extravagancias, de buena fe seguramente, pero extravagancias al fin y al cabo. Ya que el sentido común no sabe regular por su cuenta estas quimeras, a las cuales la credulidad popular se entrega, por desgracia, con demasiada facilidad, nos incumbe a nosotros hacer oír la voz de la razón; a nosotros, magistrados encargados de velar por el orden público.

—Sí, señor —acordaron al unísono los otros dos.

Vi salir al comisario y al alcalde que, al pasar ante mí, me dirigieron una mirada a la vez compasiva y autoritaria. A los pocos minutos, entré en el despacho del procurador.

Era un hombre gordo, seboso, de papada colgante, ojos pequeños y extraviados.

—Hija mía —empezó. Su voz seguía siendo engolada aunque había cambiado el tono sensiblemente; le daba un aire de severidad, en el fondo poco creíble. Hizo una larga pausa como si pensara concienzudamente lo que iba a decir—: Hija mía —repitió—. Se habla demasiado de ti en estos momentos. ¿Piensas continuar tus visitas a Massabieille?

—Sí, señor —contesté con franqueza y rotundidad—, se lo he prometido a mi señora y aún debo ir allí diez días más... por lo menos —añadí expresando en voz alta mi oculto deseo.

—Pero hija —adoptó un tono bondadoso para ganarse mi confianza—, esa señora no existe más que en tu imaginación.

—Eso creí yo la primera vez. Tuve que frotarme los ojos varias veces para dar crédito a lo que estaba viendo. Pero ahora estoy completamente segura de su existencia.

—¿Y cómo lo puedes saber?

—Porque mi cuerpo entero la recibe. Mis ojos la ven, mis oídos la oyen, mis manos la palpan, mis labios la beben, mi sangre hierve ante ella.

—Pero, ¡hija mía, hija mía! —replicó—. Las hermanas del Asilo a donde vas a estudiar son incapaces de mentir y ellas aseguran que es una ilusión tuya.

—Si las hermanas del Asilo la vieran con mis ojos, creerían igual que yo. Ya les dije, en una conversación que tuvimos hace pocos días, que las invitaba a orar conmigo y a recibir en su interior a mi señora.

—Ten cuidado —advirtió, esta vez en tono amenazante—. Quizás acabaremos por descubrir alguna causa oculta que explique tu extraña obstinación. Se esparce la opinión de que recibes regalos en secreto.

—Los únicos regalos que recibo son su presencia y su amor.

El procurador quedó unos minutos en silencio, pensativo. Luego siguió:

—Sea lo que fuere, tu conducta en la gruta es un escándalo y tiene que acabarse. Arrastras allí a demasiada gente.

—Soy la primera en lamentarlo —dije con amargura—. Qué más quisiera yo que encontrarme sola en la gruta al lado de mi señora, sin curiosos que vinieran a perturbar nuestras oraciones.

—Prométeme que no volverás.

—No puedo hacerlo, señor. Ella me ha pedido que vaya y no puedo negarme. ¿A quién debo obedecer? ¿A un impulso celestial que me habla con el corazón o a vos, pobre mortal, que no podéis esgrimir más que palabras y amenazas?

Me sentí, a la vez, sorprendida de mí misma y admirada por lo que acababa de decir. Era como si aquellas palabras no hubieran salido de mí, como si un estímulo lejano me las hubiera dictado. Pero, al parecer, irritaron al procurador que enrojeció vivamente y, aunque intentó controlar su ira, no pudo evitar un puñetazo en la mesa. Clavó en los míos sus ojos minúsculos, un poco salidos de sus órbitas y me interrogó rugiendo:

—¿Qué haces en la cueva? ¿Por qué vas?, ¿eh? Dime, ¿qué te da esa mujer que no encuentras en la tierra?

Yo no respondí. Cualquier palabra en aquel momento habría contribuido a aumentar la histeria del señor procurador.

—Desorden —siguió—, desorden. Me retirarán el cargo por culpa de esta mocosa.

Hablaba entre dientes, como para sí mismo. Daba vueltas por la sala balanceándose de un lado para otro y sacudiendo la cabeza hacia arriba, de forma arrítmica, en un tic descontrolado. De repente, se detuvo. Debió darse cuenta de lo deplorable de su estado y de que yo estaba observándole. Se arregló el cuello de la camisa en un gesto mecánico, de nuevo su cabeza se sacudió con aquel ridículo tic, luego se estiró la chaqueta, tragó saliva y me miró. Yo seguía calmada, con aquella mirada tierna, un poco bobalicona, que me acompañó toda mi vida. Los párpados algo caídos, el semblante sereno.

—Volverás —gruñía—. Ya sé que volverás.

—Volveré, señor —dije dulcemente.

Apartó la mirada y, tras exhalar un profundo suspiro, me mandó salir de la sala.

Unas horas después, acabando las vísperas, me llamó el comisario de policía. La multitud franqueaba el pórtico de la oscura iglesia de Saint-Pierre y se esparcía por la plaza. Al salir del oficio diario con mi tía, un alguacil me señaló con el dedo. El señor Jacomet se acercó hasta mí y declaró:

—Bernadette Soubirous, soy el comisario de policía. Haz el favor de acompañarme a mi despacho.

—¡Ay, qué lío! —pensaba mi tía en aquellos momentos—. Estas apariciones empiezan a ser del todo fastidiosas para la familia.

Yo, sin turbarme ni pedir explicaciones, seguí al agente. Con tal indiferencia contemplaba todo lo que no fuera mi visita diaria a la gruta. Al tiempo, mi tía corrió hasta el calabozo para advertir a mis padres de aquella nueva malaventura.

Me encontré, pues, ante la mesa del despacho del comisario. Nada ya me resultaba extraño después de todo lo que estaba sucediendo. El, sentado frente a mí, ordenó meticulosamente la mesa, con gesto rápido. Tomó una hoja de papel y un lápiz. Ladeó un poco el tintero, que al parecer, no había quedado en la posición correcta y empezó su interrogatorio. Su tono, a pesar del nerviosismo, era insinuante y patriarcal. Pretendía, de esta forma, ganarse mi confianza y llegar mejor a donde se proponía.

—Ya sabes con qué intención te he llamado a mi despacho. Me han dicho que ves cosas maravillosas en Massabieille y tengo curiosidad por saber de qué se trata a través de ti misma. Te llamas Bernadette, ¿no es así?

—Sí, señor.

Lo apuntó en el papel. Mojó de nuevo la pluma de tinta y volvió a colocar el tintero, que parecía no acabar de encontrar esa posición correcta que el comisario buscaba.

—¿Y tu apellido es...?

—Soubirous.

Siguió apuntando.

—¿Qué edad tienes?

—Catorce años, señor.

—¿No te equivocas? —sonrió el policía. Mi estado era tan enclenque que no aparentaba más de diez.

—No, señor —contesté—, tengo catorce.

—¿Qué haces en tu casa?

—Desde que vine de Bartrès, voy al colegio para aprender el catecismo. Al salir, cuido de mis hermanos, que son más pequeños que yo, y ayudo a mi madre en sus tareas.

—¿Qué hacías en Bartrès?

—Pasé unos meses en casa de mi nodriza guardando el rebaño de ovejas.

—¿Y te gustaba?

—¡Huy, sí, mucho, señor comisario! Me alegra mucho ir allí. Me pongo muy contenta cuando ella me llama.

En aquel momento, el comisario, seguro de haberme conquistado ya, emprendió el interrogatorio:

—Relátame la escena que tanto te ha impresionado en Massabieille.

Le expliqué cómo había sucedido la primera aparición, no sin cierta monotonía, pues, de tanto repetirla, ya empezaba a cansarme:

—Un remolino de viento se centró en la cueva y

agitó el zarzal. Una luz cegadora precedió a la aparición de la más hermosa de las mujeres. Me arrodillé hasta ella y oré.

El comisario, inclinado sobre el papel y colocando de vez en cuando el tintero en su sitio, registraba mi relato.

—¿Quién es esa señora de la cual estás tan... —lamió el extremo de la pluma mientras pensaba la palabra adecuada—... tan infatuada? —dijo al fin—. ¿La conoces?

—No, señor, nunca antes la había visto.

—¿Y dices que es hermosa?

—Sí, señor, la más bella de todas las mujeres que he visto hasta ahora.

Ya empezaba a cargarme el tono repetitivo del señor comisario. Me recliné resoplando en el respaldo de la silla y crucé los brazos. Él volvió a colocar el tintero lo cual consiguió irritarme, pero controlé mis nervios.

—¿Más que la señora Cazenave, la mujer del hostalero? —preguntó levantando una ceja y torciendo un poco la mirada.

Esta pregunta me dejó atónita.

—¿Cómo dice? —le hice repetir, esta vez incorporada en mi asiento.

—Que si tu dama es tan hermosa como la mujer de Cazenave. ¿Has visto lo guapa que es?

—Sí, claro, pero mi señora lo es mucho más.

—¿Pero tú la has visto bien? ¿Te has fijado en sus tetas?

—Sí, ¿y qué? Las de mi señora son incomparables.

—¿Más grandes?

—No —dije en tono un poco enfadado—. Más tiernas, más redondas y sobre todo, más erguidas. La señora Cazenave tiene las tetas caídas. ¿No se ha dado cuenta?

—Qué tonterías dices. Yo las veo hinchadas como globos bajo el escote.

—Claro, es por el corpiño. Seguro que cuando se lo quita le llegan hasta el ombligo.

—Calla, insensata —apartó el tintero—. No sabes lo que dices. Me gustaría ver a esa señora tuya para poder comparar. ¿Lleva corpiño?

—No, lleva una túnica blanca con un lazo azul.

—Una túnica blanca —repitió en tono de burla—. ¿Crees que una túnica blanca puede competir con las curvas de la señora Cazenave o con la voluptuosidad de la señora Peyrahittc? ¿Eh? ¿Qué me dices de la señora Peyrahitte?

—Veo que le gustan rellenitas, señor comisario —observé con una sonrisa socarrona.

—Bueno, niña —interrumpió él—, no estamos aquí para hablar de mis gustos, sino de esa señora tuya que tanto revuelo está levantando.

—Mi señora es tierna como una novicia.

El comisario carraspeó:

—¿Y qué dicen tus padres de todo esto?

—¡Qué van a decir! Que son ilusiones mías.

—Exactamente —exclamó alentado por el refuerzo familiar—. Tus padres tienen toda la razón. Lo que tú crees ver y oír no son más que engaños de la imaginación, pero, puesto que te obstinas, tendré que asegurarme de que tu relato es veraz. El prefecto y el procurador me han pedido un informe completo de tus declaraciones. ¡Ay de ti si mientes!

Empezó entonces un interrogatorio minucioso con la intención de hacerme caer en contradicciones, aludiendo a los detalles más ridículos; que si le había dicho que la túnica era azul y el lazo blanco, que si las rosas las llevaba en la cabeza o estaban a sus pies, que si mil tonterías que yo iba desmintiendo una a una y reafirmándome en mis anteriores declaraciones. Estaba cansada y aburrida, y lo expresaban mis gestos y el tono en el que respondía a cada una de las preguntas.

—Bernadette —dijo entonces el comisario dando un toquecito al tintero—. Te he permitido llegar hasta aquí, pero debo advertirte que conozco el origen de tus pretendidas visiones. Alguien está detrás de todo esto para aleccionarte.

—No comprendo lo que dice —repliqué erguida en mi asiento, con los brazos cruzados y sosteniendo la dura mirada del comisario.

—Entonces seré más explícito. Un complot de beatas te ha aconsejado para que digas que la Virgen se te aparece en Massabieille. Te han asegurado que así pasarás por santa y tus problemas familiares se resolverán. De paso atraerás a la gente para que venga a este pueblo y lo saque de la miseria ¿No es así?

—Le aseguro que no, señor comisario.

—Escucha —prosiguió casi sin atender a mi negativa—. Sé a qué atenerme, ¿entiendes?, pero no quiero escándalos. No exijo una confesión sino una promesa: asegúrame que no volverás a la gruta y todo quedará tal como estaba.

—No puedo. Le prometí a mi señora que iría.

El comisario dio un golpe en la mesa que hizo tambalear el tintero. Pensé que el dar puñetazos en el escritorio debía de ser una costumbre de todos los que mandaban, pues el procurador había hecho más o menos lo mismo. Incorporado, con las manos apoyadas en la mesa aplastando los papeles, el señor Jacomet, exclamó con ira:

96

—No estaremos siempre de buen humor para aguantar tu testarudez. Te lo advierto, si no dejas de ir a Massabieille, mandaré a los guardias para meterte en la cárcel.

—Bien —dije con tranquilidad—. Así costaré menos a mis padres. ¿Vendréis vos mismo a enseñarme el catecismo?

Desarmado, rotundamente desarmado, el comisario hundió su cara entre las manos e insistió:

—No te obstines, hija mía, no te obstines que te espera la cárcel. ¡La cárcel! ¿Comprendes?... Y a mí, la destitución —añadió entre dientes— si sigue habiendo alteraciones del orden. ¿Comprendes, niña? —me miró fijamente.

En aquel momento se entreabrió la puerta del despacho y apareció, sombrero en mano, un hombre escuálido, de pálido rostro, nariz enrojecida y ojeras bamboleantes, con aspecto tímido y contrariado. Era mi padre.

—Señor Soubirous —exclamó el comisario, encantado de aquel apoyo imprevisto—. Cuánto me alegro de verle, su presencia me ayudará. Su hija ha conseguido con sus inspiraciones que todas las tontas y beatas de este pueblo pierdan el juicio. Tengo que prevenirle a usted. Para la tranquilidad del pueblo, esto tiene que acabar. Armese de valor y consiga la autoridad suficiente para mantener a su hija en casa. De lo contrario, me veré obligado a retenerla en otra parte, ¿comprende?

—No sé qué decir, señor comisario —respondió mi padre trémulo y apocado—. Ultimamente, nuestra casa está siempre llena de curiosos que no sabemos cómo quitarnos de encima ¡Estamos tan contrariados! Dice mi mujer, que si pudierais..., en fin, le agradeceríamos muchísimo podernos servir de sus órdenes para cerrar la puerta al público. Y... en cuanto a mi hija, le prometo vigilarla para que no vuelva a Massabieille.

—Está bien —concluyó el comisario ya más calmado—. Vaya una cosa por la otra. Confío en usted y espero no tener que hacer un severo uso de mi autoridad. Puede llevarse a su hija.

Incliné la cabeza ante el comisario y salí de la casa siguiendo dócilmente a mi padre.

Me prohibieron rotundamente que volviera a la gruta. Me amenazaron con castigos y me rogaron que, por el bien de todos, me estuviera quietecita, olvidara las historias de señoras con velo y me dedicara a estudiar el catecismo.

El día siguiente era lunes, 22 de febrero, día de escuela. Salí del calabozo llevando bajo el brazo una cestita con mi catecismo, mi alfabeto y mi labor de calceta, y me dirigí hasta el colegio de las hermanas. Por orden terminante de mis padres debía ir allí directamente, sin desviarme para nada. Así lo hice. A mediodía regresé, obediente, para comer y volví a marcharme para asistir a la clase de la tarde. Por el camino pensaba en mi señora. No podía desobedecer a mis padres y desviarme para realizar una furtiva visita a la gruta, iba maquinando el sistema, pero no acababa de encontrar la fórmula. A pesar de ello, me sentía muy tranquila; en mi interior, tenía la fuerte convicción de que algo sucedería y nos encontraríamos tal como estaba previsto.

Y así ocurrió o, al menos, eso pensé cuando hacia la mitad del camino, una 'barrera invisible me impidió el paso. Intenté varias veces proseguir, atravesar aquel extraño obstáculo, pero me resultaba imposible. Una voz interior me ordenaba ir a la gruta, una voz que no era mía. Con tanta potencia me reclamaba, que, como si me arrastrara una violenta borrasca, me desvié de mi camino y bajé a Massabieille. No pude evitarlo y, aunque tampoco deseaba hacerlo, lo intenté por no faltar a la obediencia que siempre rendí a mis padres. Aun así, no pudo ser.

Por orden del comisario, dos guardias me seguían para vigilarme. Ni siquiera ellos pudieron detenerme. Situados a cierta distancia, me vieron titubear, oscilar y, por fin, cambiar de dirección. Apresuradamente me siguieron por el camino de la gruta y me alcanzaron cerca del viejo molino de Boly, en el barrio bajo. Me preguntaron adónde iba. Les respondí sin inmutarme, siguiendo adelante sin volver la cabeza: «A la gruta». La fuerza que me empujaba era insoslayable, tan violenta, que los guardias no se atrevieron a frenar mi ágil carrera y se limitaron a seguirme.

En Massabieille me esperaba una multitud impaciente, extrañada de no haberme visto aparecer hasta aquel momento. Al verme llegar, se elevó una ovación entre la gente: aplausos, vítores, expresiones de aliento... Avancé absorta, arrastrada por aquel imán imparable, seguida por los dos guardias desconcertados y una turba de chiquillos curiosos trotando a mi alrededor alegremente. Pasé entre la multitud como una exhalación, me puse de rodillas y oré largo rato.

—Perdonadme señora por no haber venido antes. Sé que vos me habéis traído a pesar de la prohibición, a pesar de la autoridad. Nuestro amor es más grande que todo lo terrenal. Apareced, señora, y ofrecedme, otra

vez, vuestro tierno cuerpo para abrazarme a él y llenar-
lo de mí. Dejadme recorrer vuestra piel con mi lengua,
ella está ávida de vos, de sentir vuestro sabor, de lame-
ros por todos los rincones; es una culebra que me en-
venena si no tiene vuestro antídoto. Dadme, señora, esa
dosis de amor que necesito para seguir viviendo; vos
sois mi maná, mi alimento...

Los gendarmes estaban allí, no muy lejos de mí, al
lado de mi madre, que había ido para comprobar que
la obedecía y que no paró de lamentarse desde que me
vio aparecer. Algunos rezaban el rosario con un murmullo de abejas, que zumbaba a mis espaldas. Todos
esperaban que mi cara reflejara la aparición. Pero yo
insistía e insistía sin resultado. Hacía esfuerzos por abs-
traerme y entrar en aquella nebulosa multicolor a donde
no llegaba lo real, ni sonidos ni luces ni sensaciones
terrenales. Me concentraba con todas mis fuerzas, pero
no podía evitar aquel zumbido machacando mis oídos,
los lamentos de mi madre, los comentarios del público, incluso sentía la fría presencia de los dos gendarmes
apalancados a mi espalda. Al cabo de una hora me levanté y regresé a mi casa tal como había venido, confesando públicamente que, aquella vez, no había visto
nada.

—¡Ajá! —se rieron los guardias—. Tu señora tiene
miedo de la policía.

Regresé soportando los jocosos comentarios de bur-
lones y escépticos, ateos y bromistas que iba encontrán-
dome por el pueblo a lo largo de todo el camino. Entré
en mi casa deshecha en lágrimas. No me preocupaba
la furia de mis padres por la desobediencia, ni las re-
presalias del comisario, ni el ridículo sufrido ante los
gendarmes. Mi único tormento era que ella no había ve-

nido. ¿Qué habría pasado? ¿Y si no volviera a aparecer? Me repetí una y otra vez entre sollozos que eso no podía ocurrir. Me sentí culpable por haber esperado, por no haber ido como cada día, a la hora de costumbre. Pasé la noche llorando, sin poder dormir, con la cabeza hundida en aquel áspero cojín que me hacía de almohada. Sollozando, suplicando.

—¡Oh, mi señora! No me abandonéis. Os prometo acudir a la hora de siempre aunque para ello tenga que enfrentarme a todo el pueblo. No me abandonéis, no todavía, os lo suplico. Volved, volved a mí, que os amo tan intensamente.

A partir de aquel momento, mi valor, mi constancia y mi firmeza se afianzaron de tal forma que nada iba a impedirme acudir a la gruta. Sería un huracán. Me llevaría por delante a quien intentara frenarme. En aquel momento veía claro cuál había sido mi error. ¿A quién había desobedecido sino a mi señora? ¿A quién debía obedecer sino a ella? Con una energía sin límites me enfrentaría a mis padres —y a quien hiciera falta, pensaba—. Tanta era mi seguridad, tanto el dolor que me apremiaba.

Con tal vigor me planté frente a ellos a la mañana siguiente y exigí lo que era mi derecho, que no tuvieron más remedio que levantar la prohibición del día anterior. Ese momento marcó una nueva etapa. A partir de entonces, nada ni nadie podría ya detenerme; antes al contrario, mi fe y mi seguridad arrastrarían a las masas a lo largo de la historia. Ya nadie más dudaría de mí.

Martes 23 de febrero. Día frío, poblado de nubes oscuras sobre las altas cumbres de los Pirineos, cubiertas de nieve. La multitud se agolpaba por los alrededores de la gruta y se desbordaba hasta las grandes piedras musgosas del Gave. Todos estaban allí, desde las mujeres más humildes del pueblo hasta los señores más importantes y respetados: el abogado, el empleado de construcciones, el intendente, el capitán de policía, el guardabosque e, incluso, el procurador. Todos ellos se arrodillaron cuando la expresión arrobadora de mi rostro anunció la presencia de la aparición.

Sí, ahora la veo. Ya no existe el frío, ya se ha disipado el viento helado que azotaba mis mejillas, ya la nieve de las cumbres se ha fundido. Ella está frente a mí, guirnalda de luz inmensa. Siento que un extraño aleteo irrita mis poros, me eriza el vello y una ansiosa vibración se apodera de mí. Siento que arden mis entrañas, algo se teje entre mis piernas, es una ebullición aparatosa que nace en mi interior y se traslada por mi sangre quemándome el cuerpo. No lo resisto. Me echo a sus brazos, la estrecho con todas mis fuerzas. La desnudo ansiosa, con celeridad, con torpeza. Se traba el nudo de su lazo y no puedo deshacerlo. Lo arranco de cuajo. Arrojo su manto con furia. Me quemo, me estoy quemando. Cojo su mano tierna, blanca, limpia y la dirijo hacia ese volcán que me abrasa. La agito y noto la facilidad con la que resbala en ese manantial gelatinoso que me brota. Así, así, suavemente, pero sin cesar, con energía, con ritmo constante, adelante, atrás, arriba y abajo. Siento mis pechos erizados, duros y afilados como puntas de espada. Tomo su cabeza con mis manos, su pelo me acaricia los dedos. La dirijo también, la conduzco hasta que su boca encuentra un pezón erguido y atraca en él. Y allí anclado, su lengua lo sacude con fruición. Me estremezco. Qué temblor, qué escalofrío me está recorriendo. Y su mano sigue, ya no soy yo quien la guía. Hay un punto eléctrico, y al sentir sus dedos acercándose, rozándolo a intervalos milimétricos, siento que llega el abismo. Me pierdo, me estoy perdiendo. Voy a subir, o a caer en lo más hondo. Me voy, me voy, me alejo. La explosión. Sí, la explosión está llegando. Su mano en mi punto, la humedad, el sudor, el chasquido. Ahora, ya. El volcán ha estallado. Su lava baja por mi cuerpo. El calor me abrasa. Agito mis brazos, mis caderas y mis nalgas. Y sigue, sigue. Parece que no va a acabar nunca este estallido. Otra sacudida. Y otra. Y otra más. Un poco más. Suspiro. Con la boca abierta suspiro y siento el aire bajar hasta la pared del abdomen. El calor se atenúa. El ritmo decrece. Mi respiración es todavía intensa y el latido de mi corazón como un enorme tambor de feria. Llega la calma. Aún resquicios de temblor y pequeñas sacudidas me estremecen en intervalos muy lentos. La tomo de los hombros y contemplo su cuerpo. Apenas puedo moverme y, mucho menos, pronunciar una palabra. No hay palabras. No necesito palabras, sólo aquella mirada; sus ojos como faros en la noche, brillando en esa oscuridad que es, para mí, la vida sin ella. Porque ya ha terminado, se va a ir, lo presiento en su sonrisa, lo percibo, claro, cómo no, si mis manos se quiebran en el aire, puesto que ya nada abrazan. La luz se está apagando poco a poco. De lejos, me llega su voz, como el canto de las sirenas, diciéndome: «No reveléis a hombre alguno lo que hacéis aquí conmigo, ni vuestro mismo confesor debe saberlo; amad a las mujeres y enseñadles lo que yo os he transmitido, pero mantened silencio, guardad para vos este mandato. Decid, solamente, que os he confiado tres secretos y que hasta la muerte, debéis guardarlos». La luz se apaga por fin y aparece de nuevo el frío y el tumulto de la gente clavándose en mi pecho. Y, aunque el dolor me estremece, una semilla se ha plantado en mi interior y está germinando. Esa es mi fuerza, esa es mi alegría. Sí, señora, os seré fiel hasta la muerte.

Finalizado el encuentro, el procurador, sin pronunciar palabra, se dirigió hacia el convento de las hermanas y habló con la superiora:

—No os podéis imaginar —le dijo— la gracia que hay en sus gestos. Se deshace en reverencias; su expresión y sus maneras, os lo aseguro, sólo pueden realizarse de tal forma en el paraíso. Os lo ruego, madre, concededle una entrevista a solas e instadla a que os revele, tal como ella os propuso, la magia de sus rezos.

Todos me preguntaban. Querían saber qué deseaba la señora, si revelaba algún misterio sobrenatural. Les dije, como ella me ordenó, que me había confiado tres secretos y que debía mantenerlos hasta la muerte. Pero, al parecer, no bastaba. Debía transmitir un mensaje; el público esperaba palabras, órdenes, algo que cumplir. Por eso, al día siguiente, acabada la ceremonia con mi señora, me arrastré hacia la roca —pues apenas podía caminar—, me volví hacia la multitud y, con voz entrecortada, rogué:

—¡Penitencia, penitencia, penitencia!

No fue necesario repetir esta acción ni cavilar acerca de mensajes que transmitir, pues, el 25 de febrero, día de la novena aparición, se obró el milagro de la fuente, que dejó maravillados a todos los allí presentes.

Como en cada encuentro, al aparecer mi señora, me levanté para despojarla de sus hábitos. Dejé, sin embargo, que su manto cayera por sus hombros y me quedé unos instantes contemplando aquella imagen. De su mano derecha colgaba un rosario nacarado. Así desnuda, cubierta su cabeza por el velo blanco y velado su sexo por las cuentas y el crucifijo que se mecían ante él, la observé en toda su celestial esencia. ¡Cuánta belleza! Su piel brillante, sus muslos redondos y jóvenes y aquellos pechos firmes, su sexo rollizo y frondoso como el musgo que cubría las piedras del Gave. Sin recibir indicación, fui a beber la miel que intuía ya resbalando por su sexo, para lo cual tuve que apartar ligeramente el rosario y éste quedó rozando mi mejilla. Rodeé ambas piernas con mis brazos y lamí con sublevada pasión. Cuando más visible parecía ser su agitación, tomó mi cabeza con sus manos y me indicó que me retirara. Bajó de su pedestal de piedra y se situó unos metros a la derecha. Allí se agachó, flexionó la cintura y adelantó el busto. De entre sus piernas brotó el líquido amarillento, casi incoloro, que formó un charquito bajo sus rodillas. Oí el chorro batir contra las hojas secas. Pasados unos segundos, su fuente dejó de brotar. Se levantó, volvió a la roca y me ordenó:

—Toma de este agua en el hueco de tu mano, tírala tres veces y a la cuarta vez bebe de ella y lávate el rostro.

Tan atónita estaba, que no presté atención a aquel cambio: por primera vez, me estaba tuteando. Seguí sus indicaciones como poseída. Las tres primeras veces el agua era turbia y tibia. Tuve que escarbar en el fango, clavar mis uñas en la tierra para que la cuarta saliera clara y fresca. Bebí y enjuagué mi cara y mis manos. Poco a poco, al agua subía, crecía y se escurría formando un arroyuelo abundante que buscaba su salida hacia el torrente. Un manantial milagroso que nunca más dejaría de brotar.

Allí me encaminé de nuevo al día siguiente pletórica de alegría. Antes de iniciar el coloquio con mi señora, bebí de la fuente y me lavé la cara con el chorro de agua que salía a borbotones. Después me sequé la cara con la punta del delantal y me dispuse a iniciar el ritual. Arrodillada ante mi señora, que acababa de aparecer como era su costumbre, besé sus pies descalzos a modo de comienzo. Pero no pude continuar ya que, en ese momento, sentí una sacudida en el brazo. Era uno de los asistentes que me agarraba con fuerza, al tiempo que me increpaba diciendo:

—¡Levántate! ¿Te has vuelto loca? ¿Nada aquí te causa repugnancia? ¿Ni siquiera arrastrarte para besar el suelo?

«¿El suelo?», pensé. «Insensato. Su encogida mente es incapaz de imaginar y mucho menos comprender lo que tengo ante mí y me lo arrebata sin la más mínima consideración.» Me levanté con furia y me deshice de su mano con un tirón seco. Vuelta hacia la multitud y con una seguridad y una fuerza inauditas, miré fijamente a los ojos de aquel hombre. La voz salió de mi interior como un cañonazo.

—¡Besa los pies de mi señora! —grité—. Arrodíllate y besa los pies de mi señora ahora mismo —indiqué con un gesto de mi dedo inhiesto señalando hacia la roca.

El hombre, como poseído por una fuerza desconocida, se dejó caer hasta hincar las rodillas en tierra. Como si una insólita presión empujara su cabeza hacia el suelo, acercó sus labios hasta la roca y la besó. Miré entonces a la multitud con la misma fuerza y fijeza con la que acababa de atravesar a aquel hombre. «Basta ya de estupideces», pensé. «Tengo que hacerme respetar de una vez por todas.» Mi dedo seguía apuntando al mismo lugar. Rígido, como una amenaza, hablando por sí mismo, ordenando. A continuación, el resto de los asistentes fueron pasando, uno a uno, para mostrar su fervor besando la piedra.

Al día siguiente era sábado, 27 de febrero, día de la undécima aparición. Mi señora me hizo un encargo que, en un principio, consideré difícil de cumplir, pero que no dejaba de dar emoción a la aventura de las apariciones. Estas resultaban cada vez más amenas: mensajes que transmitir, secretos que guardar; la aparición de la fuente... Ahora se trataba de un encargo. Tras nuestra ceremonia habitual —que en aquella ocasión sobrepasó todos los límites y me dejó prácticamente extenuada—, mientras me estaba retocando para volver a la realidad, mi señora me anunció su deseo. Quería que se construyera una capilla en aquel lugar.

—¿Una capilla? —pensé en voz alta—. No es mala idea ya que viene tanta gente. Pero ¿cómo lo haré? Nadie me escuchará, muchos creen que estoy loca, que tengo alucinaciones. Claro que... muchos otros me consideran una santa. Si vengo aquí a rezar y cada vez son más los feligreses que me acompañan, lo más sensato sería precisamente construir una capilla. No os preocupéis, señora —anuncié llena de optimismo—, ya encontraré una solución. Estoy segura de que vuestro deseo será cumplido.

Regresé a casa bañada en el gozo y la alegría, trotando por el camino entre acacias y boj. Tenía una misión que cumplir y la certera intuición de que algo iba a ocurrir muy pronto, algo que me ayudaría a conseguir aquel objetivo. Al llegar, encontré a mi madre en la cocina, muy atareada, mis hermanos jugando en el patio y mi hermana Toinette esperándome con una sonrisa socarrona.

—La superiora quiere verte —me espetó sin ningún preámbulo.

Y yo, sin hacer comentarios ni dar tiempo a la reacción familiar, salí de nuevo por donde había entrado y corrí hacia el colegio de las hermanas.

Una monja me condujo hasta la celda de la madre Alexandrine, la superiora. Era austera y muy oscura. Apenas unos rayos de luz de media tarde se filtraban por entre las celosías. Las paredes sobrias concentraban un halo de humedad. Sólo había un jergón duro, una pequeña mesa con una lámpara de gas y una estatuilla de la Virgen con el niño en brazos tallada en madera noble. Según decían las hermanas, la madre Alexandrine se recogía durante largas horas en aquel lugar para meditar.

Cuando entré, estaba de pie, con las manos ocultas entre los hábitos, el semblante duro y, bajo sus pobladas cejas, una mirada tensa. Hice una ligera reverencia a la que ella respondió con un leve y seco movimiento de cabeza. Inmediatamente, hizo un signo para indicar a la hermana Renée, la monja que me había acompañado, que se fuera y cerrara la puerta. Mantuvo unos momentos de silencio, mirándome fijamente a los ojos.

—¿Tienes algo que transmitirme? —preguntó a continuación.

—Mi señora me envía —dije con modestia— para que os revele lo que ella me ha enseñado y entréis en ese reino que ella me ofrece.

—No sé quién es esa señora, pero en mis momentos de meditación tengo una extraña visión que me hace pensar en el misterio que entraña. También el procurador me ha alentado a hacerlo, ya que el otro día te observó durante una de las apariciones y asegura que tu transformación es sobrenatural. Quiero que me cuentes todo lo que ves. Estoy preparada y dispuesta para recibir lo que *debes* —recalcó esa palabra en tono severo— enseñarme. Si las apariciones son ciertas, si esa mujer es real, no puede olvidarse de mí.

Sus palabras me tranquilizaron. Me sentí orgullosa de estar allí, frente a aquella poderosa mujer recibiendo esa muestra de confianza. La obsequié con una sonrisa y una reverencia y me adelanté hacia ella diciéndole:

—Cuando veo a mi señora, ella se despoja de su túnica y me ofrece su cuerpo. Imaginaos que ante vos tenéis la más bella y sensual de las imágenes jamás creada, el más perfecto de los cuerpos, de una perfección tal que no puede existir en la tierra. Imaginaos ese cuerpo tierno, blando como la nata, ante vos y desnudo.

Me acerqué a ella un poco más y tanteé con mis manos el filo de su hábito; al comprobar que no había respuesta negativa, empecé a levantarle los faldones con suma lentitud.

—Imaginaos —proseguí— sus caderas redondas, sus líneas perfectas, sin ángulos, sin un solo punto de escape a la armonía. —Noté su inquietud y me detuve. Sus rodillas estaban ya al descubierto, mis manos rozaban sus piernas y mis brazos sostenían las pesadas ropas—. Imaginaos —continué con voz lenta, mis manos escalando sus muslos con extrema suavidad—, imaginaos su piel como la pulpa de la uva, sus mejillas como pétalos de rosa, y esa sonrisa que viene de otro mundo, luminosa, abismal. La tenéis ante vos. —Había llegado a la ingle y paré mis manos allí. Los pulgares buscaron con sinuosos círculos entrar en el musgo aprisionado por unos calzones rígidos, casi impenetrables, como un muro. Estaba mojada, completamente mojada y se dejaba tocar aunque una profunda tensión la tambaleaba. Proseguí mi discurso intentando despojarla de sus hábitos, lo cual resultó harto difícil—. ¿Sabéis como es su cintura? Es pequeña, estrecha; es como una ola que te llama a navegar en ella. ¿Y sus labios?...

Tuve que hacer una pausa porque no había forma de soltarle el escapulario; cuando por fin, con su ayuda, lo conseguimos, el hábito se desató y salieron disparados, por la presión que los contenía, dos enormes pechos sonrosados, de gigantescos pezones anaranjados, que vinieron a estrellarse en mi cara. Así, con mi nariz hundida en ellos, proseguí mi discurso.

—Sus labios son tan tiernos, tan mullidos, tan sabrosos. Su boca es una sima de dulzura, una marea de...

—¿Os habla? —me interrumpió la superiora con voz trémula, casi sin aire. Me extrañé del trato que me daba, pero enseguida, me di cuenta de su estado: los ojos perdidos en el infinito, su cuerpo ya desnudo y tembloroso, abierto como una anémona. A sus pies yacían inertes los hábitos negros. Su boca entreabierta y sus manos en mis hombros—. ¿Os habla? —repitió—. Sí, sí... Habladme como ella os habla.

—Me habla, sobre todo, con sus manos y con su cuerpo —puse las mías en sus pechos—. Pero, cuando su voz asoma, os aseguro que ni los ángeles podrían imitarla. —Seguí acariciando sus pechos con un movimiento rotatorio que hizo erizar sus pezones y endurecerlos como piedras y, afinando mi voz al máximo, proseguí—. Es como un coro de violines que tañen adormecidos por la magia, parece venir de un lugar lejano y acariciarte, rozarte solamente los oídos; pero te llega hasta el fondo, te abraza como la poesía.

Y, al pronunciar estas frases, acerqué mis labios a su oreja y dejé que mi aliento la llenara y que después mi lengua se colara en su interior como un anguila, abriéndose paso, como podía, en aquel lóbulo semiprisionero por la cofia. Ella se estremeció, la voz apenas le salía.

—¿Y qué os dice? —preguntó.

—Me ha encargado que os haga una petición.

Besé, entonces, sus mejillas, su cuello, sus hombros, bajé hasta aquellos pezones amoratados, me detuve en ellos y proseguí lentamente mi descenso.

—¿Qué? —jadeó—. Decidme, ¿cuál es esa petición?

Acariciando con mi lengua la cavidad mojada, brotando ansiosa, antes de responder lamí con celeridad su excitado clítoris y aguardé a que su ansiedad rayara el cenit.

—Decidme, ¿qué es? —suplicaba entre espasmos que acompañaban el ritmo de mi succión—. Decidme, decidme. Haré lo que sea. Señora... Señora, os lo ruego, habladme, habladme por voz de esta niña...

No detuve mis caricias hasta estar segura de que su

excitación llegaba a límites tan altos que era imposible volver atrás. Y ella seguía en lo que dejaba de ser un gemido para convertirse en un grito:

—¡Habladme! —bramó desesperada.

Y yo, repitiendo textualmente las palabras que por la mañana había oído pronunciar a mi señora, solicité con voz queda:

—Decid a los sacerdotes que hagan construir una capilla para mí.

La superiora cayó postrada de rodillas ante mí. Sus manos colgaban de mis hombros y la cabeza intentaba ocultarse en mi pecho. Su respiración era tan agitada y su pulso tan acelerado que a cualquiera habría resultado alarmante. Pero yo no me asusté, al contrario, sabía que había llegado a donde deseaba y que aquello tendría consecuencias muy positivas para mí y para mi señora. Me mantuve en pie y en silencio, sujetándola por las axilas para que no se derrumbara más todavía. Y cuando, por fin, consiguió calmarse, sus ojos llorosos, llenos de emoción, hinchados y enrojecidos, se clavaron en mí con una expresión que nada tenía que ver con aquella mirada amenazante que me propinó nada más entrar en la celda. Ahora su voz era suave, entrecortada por súbitos e incontrolables sollozos:

—Dile a tu señora que su deseo será cumplido.

Las lágrimas resbalaron por sus mejillas. Retiró sus brazos, dejándolos caer con lentitud y, en su recorrido, sus manos parecían abandonar mi cuerpo como quien deja atrás una carretera, un recuerdo o una conclusión irremediable. Se abrazó a sí misma, protegiendo sus pechos. Luego recogió los hábitos y se cubrió con pudor. Abrazándolos contra el pecho, inclinó aún más la cabeza para acurrucarse en ellos y, al mismo tiempo, me pidió que la dejara sola.

5

—¡Es una santa! ¡Es una santa! —gritaba la hermana Irène atravesando el corredor del convento. La superiora le había anunciado que iría conmigo a visitar al padre Peyramale para pedirle que construyera una capilla en la gruta de Massabieille. «¡Entonces es cierto!», había exclamado ella y, de inmediato, salió a recorrer los pasillos con semejante vocerío.

Esto ocurría al día siguiente, domingo 28. Yo, mientras tanto, esperaba a la puerta del convento. Había ido allí tras mi acostumbrada visita a la gruta. Aquella mañana le había relatado emocionada a mi señora el suceso de la tarde anterior con la madre Alexandrine. Ella se limitó a sonreírme como si ya lo supiera. De nuevo, su inspiración había venido a guiarme y yo me sentía ufana y orgullosa por gozar de tal privilegio.

Tras la visita me había dirigido, como una feligresa más, a oír misa mayor en la iglesia de Saint-Pierre acompañada por un cortejo de campesinos que aprovecharon la festividad para acudir a la gruta y poder contemplarme —de lo cual, por cierto, parecían no saciarse—. Posteriormente, ya sola, fui hasta el convento para encontrarme con la superiora y acudir juntas a visitar al reverendo señor Peyramale.

El reverendo era un hombre de elevada estatura, vigoroso, corpulento. Tenía una mirada que brillaba en las profundas cuencas de sus ojos, ensombrecidas por unas espesas cejas negras. Escondía la cálida ternura de su corazón bajo la ruda corteza del montañés como el granito cubre el chorro de la fuente termal. Era un hombre apegado a sus deberes; sencillo y brusco, consolador de todas las miserias y al que nadie había visto jamás sonreír.

Al llamar a la puerta de la casa parroquial, le vimos rezando el breviario y paseando de arriba abajo por la avenida del jardín. Me pareció más alto y más severo que nunca. Mirando por encima de su libro de oración, nos vio llegar. Saludó a la superiora, sin ninguna efusión, y luego preguntó quién era yo. Al oír mi nombre, frunció el entrecejo y en tono no muy amable exclamó:

—¡Ah, eres tú! —me recorrió con la mirada de los pies a la cabeza y añadió—: Se cuentan historias muy singulares de ti.

Tras estas palabras nos invitó, con un gesto, a pasar al interior de la casa parroquial. Penetramos por el corredor enladrillado hasta una enorme sala llena de libros, con una pintura en el centro, representando al Sagrado Corazón.

—Y bien —dijo, veamos qué desea de mí esta niña.

—Señor cura —me apresuré a explicar, ruborizada aunque con voz firme—, la señora de la gruta me ha encargado que os comunicara que desea tener una capilla en Massabieille, por ello acudí a la madre superiora y ella, amablemente, se ha brindado a acompañarme.

—¿Quién es esa señora de la que hablas? —preguntó él con tono áspero.

No me dejé intimidar y respondí en el tono más inocente que conseguí:

—Es una señora muy hermosa que se me aparece en la roca de Massabieille.

—Sí, sí —replicó el sacerdote—, pero ¿quién es? ¿Cómo se llama?

—No me ha dicho su nombre, pero ella es diferente a todas las demás, ella...

—Debe serlo —cortó el capellán—. ¿Cómo es posible que una mujer innominada, que viene quién sabe de dónde y se aloja en una roca, te parezca digna de ser tomada en serio?

Y dirigiéndose a la superiora, añadió:

—Temo que esta niña sea víctima de una alucinación, un simple espejismo, un fantoche.

—Si me lo permite, padre —observó con modestia la superiora—, usted conoce las posibilidades de lo sobrenatural. Tal vez nos encontramos ante un misterio religioso digno de ser tomado en consideración.

—No lo descarto, hermana —confesó el sacerdote—, pero pretender que se construya una capilla en la gruta me parece un tanto atrevido e incluso arriesgado en estos momentos. Tenga en cuenta que es mucha, cada vez más, la gente que se concentra en Massabieille.

—Sí, señor cura —proseguí yo sin darle tiempo a la superiora—, por eso mismo, la señora me ha encargado la construcción de la capilla. Y además —miré a ambos— me ha encargado también que les diga que desea que los feligreses acudan a la gruta en procesión.

Al oír esto, el cura enrojeció y, por un momento, temí que le sobreviniera un colapso. Pero no fue así. Se levantó de su sillón y empezó a dar grandes zancadas por la sala diciendo:

—Pues sólo nos faltaba este último detalle. Ahora, encima, exige procesiones. ¡Acaso querrá poner en ridículo a nuestra santa religión!

—No creo que se trate de eso —interrumpió la superiora—. Este tipo de mensajes no deben... —titubeó—, tal vez no deban ser tomados al pie de la letra. Por otra parte, no me parece nada descabellado construir una capilla en Massabieille, como usted bien ha dicho y esta niña nos ha hecho notar, cada día son más los feligreses que allí acuden. Si la construyéramos, ¿no cree que tendríamos muchas más almas a nuestro lado?

—Tal vez, tal vez —dijo reflexionando el capellán—, pero no tenemos nada seguro. Ante casos semejantes, no está de más que los eclesiásticos adoptemos resueltamente por patrón a santo Tomás. Por lo tanto, debo exigir alguna prueba. Le dirás a tu señora —prosiguió dirigiéndose a mí— que con el párroco de Lourdes hay que hablar claro y mostrar la verdad sin confusiones. ¿Quiere una capilla? Muy bien. ¿Quiere procesiones? Perfecto. ¿Dónde están sus credenciales para los honores que reclama? Voy a indicarte un medio para que tu señora se dé a conocer y, de este modo, podamos dar valor a sus mensajes. Está en la gruta encima de un rosal, ¿no es así?

Asentí con la cabeza.

—Pues bien, pídele de mi parte que uno de estos días glaciales de invierno, en presencia de la multitud congregada, haga florecer súbitamente el rosal. El día que vengas a anunciarme que este prodigio se ha cumplido, creeré en tus palabras y te prometo que accederé a sus peticiones.

Concluido su discurso miró con cierta incomodidad a la superiora y finalizó:

—Lo siento, hermana, veo que habéis depositado vuestra confianza en esta niña, pero mi condición y mis obligaciones me impiden hacer otra cosa. Espero que lo comprenderéis.

Ambas salimos de allí sin detenernos en cumplidos y nos dirigimos hacia la iglesia para oír una misa. La superiora no habló en todo el camino, oró fervorosamente durante la celebración de la eucaristía. Pero, al despedirnos, me estrechó las manos y con una mirada de complicidad afirmó:

—Lo conseguiremos. No te preocupes. El nunca podrá entenderlo como nosotras, pero, al final, triunfará la verdad.

Me besó en la mejilla para despedirse, estrechándome aún con más fuerza las manos; los ojos brillantes de emoción.

—Estoy segura —sentenció antes de abandonarme.

Las hermanas me habían cogido un gran cariño, me acompañaban a oír misa, me preguntaban detalles sobre mi señora; a veces, me ofrecían dulces y estaban dispuestas a defenderme ante cualquiera. Tuve ocasión de comprobarlo cuando, a la salida de misa mayor, un hombre se me acercó y, poniéndome la mano suavemente en el brazo, me indicó que le acompañara. Yo iba en la fila como todas las demás niñas, custodiada por la hermana Irène. Ella era quien más de cerca había observado los cambios obrados en la madre superiora y desde entonces, prácticamente, no había dejado de vigilarme y protegerme. Tal vez esperaba que también en ella se obrara algún cambio. Era mujer sencilla y de una

117

gran fe, sabría conformarse de no ser ella la elegida y, en cualquier caso, aceptaría honrada que su misión fuera estar cerca y ser una observadora privilegiada de cuanto estaba acaeciendo. Por este motivo no se separaba de mí.

—¿Por qué os la lleváis? —le dijo al hombre cuando vio que me agarraba.

—El comisario me ha ordenado que la lleve en presencia del juez.

El hombre era un peón caminero de escasas entendederas, que sólo sabía hablar patués (como yo) y hacía cuanto le ordenaban las autoridades o cualquiera que tuviera un poco más de cultura que él. Me sacudió del brazo para llevarme y yo me eché a reír diciéndole:

—*N'ai pas pooû si mi metten que m'en sourtirau* —que significa: «No tengo miedo, si me encierran me escaparé».

Y soltándome de su brazo, inicié yo sola la marcha hacia la casa del notario. Por el camino se nos unió el comisario, siempre bajito y nervioso, parecía un enano de feria. Caminaba a nuestro lado, con las manos a la espalda y no dejaba de girar la vista cada vez que nos cruzábamos con alguna mujer, de las ya conocidas en el pueblo por sus saludables atributos.

Entretanto, la hermana Irène había ido a avisar a la superiora de lo que estaba ocurriendo. A mi sólo me quedaba esperar a que vinieran a rescatarme escuchando las amenazas del juez Rives que vivía en casa del notario Claverie. Ambos me increpaban a gritos:

—¿Qué buscas en la gruta, bribonzuela? Te vamos a encerrar. ¿Por qué haces ir allí a tanta gente? Te meteremos en la cárcel.

Ante sus berridos y zarandeos, cerré los ojos y me limité a decir:

—Qué soy presto: boutami, é qué sia soulido é pla cla-
*bado! É qu'en descapareï! —*es decir: «Estoy preparada,
metedme allí y que sea fuerte y bien cerrada que yo me
escaparé».

Su furia aumentó:

—Renuncia a ir a la gruta —bramó el juez.

Yo, cruzada de brazos y con los ojos cerrados, insistí:

—Noum, pribareï pas dé y ana —o lo que es lo
mismo: «No me privaré de ir».

En ese momento, un séquito de monjas irrumpió
en la sala acompañando a la madre Alexandrine, que,
al verme acosada por aquellos hombres, enrojeció y
llena de ira les ordenó:

—Dejad libre a la pequeña y no se os ocurra maltratarla.

Yo conservaba la sangre fría. Frente a mí estaba el
juez, a su lado otro hombre cuya identidad no recuerdo; el señor Jacomet seguía con las manos a la espalda, paseando de arriba a abajo; en un rincón, el peón
caminero manoseaba su boina haciéndola girar con
nerviosismo. Las monjas se clavaron ante ellos en una
primera columna de ataque a las órdenes de la superiora. La mayoría de ellas con los brazos en jarras es-
grimiendo su mejor arma: la arrogancia.

El juez y el comisario se miraron temerosos. Yo me
levanté y me planté en medio de los dos para decirles
(y que se enteraran de una vez por todas):

—Qué y bouï ana; qu'eï et darré dia, ditjous. —O sea:
«Que quiero ir allí, que el jueves es el último día».

Ante la postura amenazante de las hermanas, la mirada de fuego de la superiora y mi decidida gallardía,
aquellos hombres se vieron totalmente vencidos y tuvieron que dejarme marchar, no sin una nota de desprecio para salvaguardar su orgullo:

—Dejémosla —exclamó el juez—, nada tenemos que sacar de ella.

Y todos los demás asintieron fingiendo un absurdo convencimiento de su pobre poder. Pobre, ya que nada puede el poder de los hombres contra la fuerza que da el verdadero amor. Así de profunda era mi serenidad. Nada me asustaba, al contrario, sus amenazas me provocaban la risa, porque el que ama todo lo hace sin esfuerzo, o bien ama el esfuerzo. Las hermanas habían entendido la existencia de esta fuerza interior. La madre superiora la había conocido. Ya nada nos detendría, nada podía volver atrás: «No me privaré de ir», repetí entre dientes. Y salí de allí encabezando aquel batallón de sabias mujeres que habían ido a rescatarme.

El jueves 4 de marzo era el último día de la quincena. Las autoridades, en previsión de una inmensa afluencia de público, adoptaron fuertes medidas de precaución. Era, además, día de mercado y se esperaba que una gran multitud, seguramente fanática, viniera a congregarse en el pueblo y, en especial, por los alrededores de la gruta. El señor Lacadé, alcalde de Lourdes, requirió la guarnición del fuerte y la brigada de gendarmes fue reforzada por otros colegas que, de ordinario, prestaban sus servicios en los otros pueblos de la región.

Soldados y gendarmes cubrían la carretera a lo largo del camino del bosque y del sendero que llevaba hasta la gruta. Mandaba las tropas el teniente de gendarmes de Argelès, que fue en primer lugar a examinar mi casa para estudiar las cercanías. En la puerta del calabozo donde vivíamos, se encontró con cinco o seis personas arrodilladas. La calle Des Petits Fossés estaba sucia; aquellos feligreses ni siquiera habían mirado donde se arrodillaban. Esto impresionó al teniente que se atrevió a confesar a uno de sus oficiales:

—He aquí los que tienen fe. Si encontramos a muchos como éstos, nuestros hombres no tienen nada que hacer, los gendarmes quedarán en ridículo.

Todo hacía presagiar que se presentaba una jornada caliente. Para mayor emoción, el día anterior la visión no había aparecido y esto hacía crecer la expectación. Para mí había sido una prueba demasiado dura en medio de tanto acoso. Tras rezar mi rosario, besar el suelo repetidas veces y rogar encarecidamente a mi señora que apareciera, tuve que retirarme llorando y confesar que no había venido. Y, por supuesto, soportar de nuevo las risas y burlas de una gran parte de los asistentes. ¡En qué gran confusión me ponía mi señora! ¿Qué podía significar aquel eclipse?

Sin embargo, sentía también aquella fuerza interna que me daba la energía necesaria para seguir adelante en aquella triste mañana de marzo. Había sido, en efecto, el día anterior, penúltimo día de la quincena (yo sabía contar quince en tres veces con los dedos de mi mano), cuando ya al anochecer sentí un ardiente deseo de volver a la gruta y le rogué a mi padre que me dejara ir.

—Pero si ya has ido esta mañana y no la has visto —dijo él con la lengua tropezando contra un paladar bañado en vino. Su estado no era el idóneo para mantener negativas, así que no me costó convencerle y salir corriendo hacia Massabieille.

Al ser casi de noche, los curiosos se habían retirado ya a sus casas y nos encontramos a solas otra vez, como al principio. Una excitación antigua y nueva me llenaba. Para mí, sólo para mí sería aquel abismo de belleza que los demás no alcanzaban siquiera a adivinar. Para mí aquel frescor de renovadas rosas. De repente me acordé: ¡El rosal! ¡Tiene que florecer! Pero, de todas formas, qué me importaba a mí que el rosal floreciera, que construyeran una capilla y que acudieran los peregrinos. Quería aquel altar para mí sola. Prefería que se derrumbara el bosque y la gruta se hundiera bajo tierra para no tener que volver, y disfrutar a cada segundo de la paz y el placer que la dama me brindaba. Me sentí enseguida culpable por aquellos pensamientos. Estaba allí, frente a mí, con su grandiosidad, su perfección, su infinita gracia. Ella me lo había pedido, debía cumplir su deseo aun a sabiendas de que algún día, irremediablemente, tendría que perderla.

—¡Oh, mi señora! ¡Qué veneno me ha inyectado esta pasión febril, que ya no pienso en acceder a vuestras peticiones y vuestros deseos, sino que me hundo en mi egoísmo y sólo pienso en teneros a mi lado eternamente! Tal es la desesperación que me envuelve que preferiría el fin del mundo antes que perderos. Señora, dadme fuerzas para seguir adelante cuando no estéis.

Vi su rostro dulce y aterciopelado acercarse lentamente hasta mí. «Estamos solas», pensé, «como al principio.» Dejé que su mano me despojara de las ropas que desordenadamente cubrían mi cuerpo apenas lo justo como para protegerme del frío. Y sentí su boca, su aliento cálido acercándose a mis labios. Una lengua mullida y mojada se introdujo hasta el fondo del paladar acariciando los rincones como una sanguijuela traviesa que busca la sangre de su víctima. Así me clavaba ella sus afilados dientes en la comisura de mis labios, recorría mis encías, agitaba su lengua entre mis dientes, levantaba un remolino de espuma en mi boca. «Solas como antes, sin mirones ni beatos ni barreras ni disimulos; solas para gozar, para subir en esa nube de amor, como al principio.» Y me dejé llevar por aquel vaivén, por el balanceo acaramelado de sus caricias, por aquel maremoto de emociones, antes de internarme en su maravillosa orografía. Qué pasadizo de perfumes, murmullos, sabores y tactos. Esperando la tempestad, buscando el oasis, agitando ese volcán silencioso y violento, bebí en su fragancia y en su textura como nunca antes lo había hecho. Y el torbellino se convirtió de repente en tornado, en una espiral de velocidad incontenible. En ese remolino en el que manos y brazos se perciben y se confunden con espaldas y caderas y todo es uno y no hay cuerpos sino un cuerpo y no hay pieles sino una sola piel. Entonces viene ese galopar estridente que te confunde hasta creer que algo va a estallar dentro de ti. Y efectivamente estalla, pero no es explosión que rompe y destroza y aniquila; es un trueno cuya onda expansiva se extiende por tu interior como la chispa del relámpago. Y aquello que sólo fue una chispa ilumina valles enteros, cataratas, cordilleras, desfiladeros. Así sube la caricia que ella me regala, así estalla la pólvora que ella está sembrando en mi interior y se convierte en danza, maravillosa danza de giros y circunferencias. Por eso, no hay espacio, no hay frío; hay lamento, hay quejido placentero. Por eso, la piedra que nos acoge tendidas en el suelo, amándonos con desenfreno, no es dura ni punzante sino mullida y esponjosa. Por eso, también, cuando llega el oasis, cuando vuelve la calma y todo se coloca en su lugar y su rostro desaparece, es una bofetada repentina, una descarga de agujas que se

clavan por todas partes. Así llega otra vez el gélido despertar en la oscuridad de una gruta húmeda y lúgubre, y mi
cuerpo se siente entonces más desnudo que nunca. Corro
desesperada hacia mi casa. La noche ha caído ya, noche
oscura, noche sin luna. Se oye a lo lejos el aullido de un
lobo, el lamento de una bestia nocturna llamando a esa
luna que, no entiende por qué, esa noche no ha venido.

Aquellas gentes, sin embargo, las que se congrega-
ban por los alrededores de la gruta, esperando el desenlace de las apariciones, desconocían la que había sido
mi última correría nocturna. Para ellas, la visión, el día
anterior, no se había presentado y una morbosa curiosidad, les invitaba a apostar por lo que podría ocurrir
en el ya anunciado último día de la quincena.

El teniente de Argelès había ordenado a dos guardias que me escoltaran hasta la gruta con el sable des-
envainado. Así llegué yo, caminando tras ellos, tranquila entre las aclamaciones de la multitud. Mi señora
apareció casi de inmediato y estuvo solo unos instantes
para sonreírme, hacerme un pícaro guiño y desaparecer.
Algo que yo ya había intuido, incluso llegué a sospechar
claramente, tras el encuentro de la noche anterior. ¿Acaso no había sido aquélla una adorable e irremediable
despedida? ¿No me había llevado en aquel último viaje
hasta las puertas del paraíso?

Sin embargo, me resistía a reconocerlo, me negaba
a aceptar tan temido desenlace. Me levanté y fui a mirar
por el lado interior del nicho, sabiendo de antemano
que no la encontraría. Luego, con aire desolado, me giré
hacia la multitud.

—¿Qué, Bernadette? ¿No ha venido? —gritó una voz desde lejos.

—Ha venido a despedirse —respondí.

—¿Y ya no volverás a la gruta? —preguntó otro curioso.

—Por supuesto —repliqué serena—, yo seguiré viniendo, aunque mi señora no quiera brindarme el privilegio de reaparecer. A pesar de sentir el adiós, confío en volver a verla.

Mis palabras levantaron una algarabía de comentarios entre crédulos e incrédulos. Unos gritaban y me insultaban llamándome alucinada y visionaria; otros me aclamaban con vítores y aplausos. Mujeres, niños, obreros y labradores me cubrían de besos, me tocaban los vestidos y acariciaban mi caperuza después de haber roto el cordón de gendarmes y soldados que me protegían para volver al calabozo. La multitud me obligó a subir a casa del picapedrero y tuve que salir a la ventana repetidas veces. Luego la gente entraba en la casa y desfilaba ante mí como en un ofertorio. Muchos me abrazaban y me colmaban de caricias y babas; algunos intentaban arrebatarme algún objeto para llevárselo, pero, puesto que no poseía nada, me arrancaban trozos del vestido y cortaban mechones de mi cabello. Otros, simplemente, me pedían que tocara sus rosarios y les diera mi bendición. Seguí sus indicaciones y resistí aquel cúmulo de vejaciones en un estado de total sonambulismo. Mi mente se había quedado anclada en aquella sonrisa última, en un rostro que, tal vez, no volvería a ver nunca más. Los gendarmes tuvieron que intervenir para impedir una catástrofe, que podía muy bien consistir en dejarme desnuda y calva en unos instantes. Entonces, los feligreses se ensañaron con el rosal de las

125

apariciones. Acudieron en tropel allí y no dejaron ni una raicilla y, además, hicieron correr la voz de que, efectivamente, el rosal había florecido ya.

Regresé por fin a casa una vez apaciguados los ánimos y finalizadas tales manifestaciones de histeria colectiva. Me tendí boca abajo en mi humilde cama y experimenté la sensación de tristeza más honda que jamás mortal alguno haya podido sentir. A partir de aquel día, seguí acudiendo al colegio para aprender el abecedario y el catecismo y prepararme para mi primera comunión. Por las tardes, volvía furtivamente a Massabieille y continuaba sin desaliento rogando ante el nicho abandonado, ante la gruta desierta, por fortuna, de creyentes decepcionados. Me recogía en mí misma, confusa ante la penumbra de la caverna rocosa.

Mis noches eran un abismo. La oscuridad me producía vértigo. Mi sueño se tornó una pesadilla constante de la que me despertaba agitada, bañada en sudor y temblorosa. En ellas veía a mi señora, rodeada de anémonas, la flor del abandono, sonriendo como el último día tras esa barrera de flores que me impedía llegar a ella y, al intentar atravesarla, me hundía en arenas movedizas, me ahogaba con la mano extendida para llegar hasta ella. Al despertar, la soledad de nuevo me devoraba y las lágrimas se apoderaban de mí durante el resto de la noche.

Ahora, en la lejanía del recuerdo, un siglo más tarde, regresa punzante aquella angustiosa sensación. No hay duda de ello. Me invadió, recorriendo hasta el extremo toda mi piel, mi cerebro, mis entrañas. Un escalofrío me llega al evocarlo y debo hacer esfuerzos por atravesar serenamente este pasaje e internarme en el relato de los posteriores.

Fueron veinte días de tormento los que siguieron a aquella última aparición y que consumieron mi alma y mi cuerpo hundiéndome en el dolor. De esta forma, mi fe empezó a flaquear. Era una extraña sensación, un cúmulo de confusiones, de contradicciones que se mezclaban impidiéndome entender, razonar o, simplemente, atender a lo que ocurriría. Era la desesperación, así de clara, así de cruel, así de simple. Me sentía perdida.

Por una parte, me llenaba un sentimiento de profundo agradecimiento por cuanto había vivido; por otra, la sensación de abandono me hería de tal forma que me hacía pensar si no hubiera sido mejor no llegar a conocerla nunca, no haber vivido episodios tan intensos para no tener que vivir ahora tan profundo dolor.

La luz y la esperanza se encendieron de nuevo el 24 de marzo, vigilia de la Anunciación, cuando una voz interior, imposible de acallar, me impelía a volver a la gruta. Tras una noche de febril insomnio, me levanté al despuntar el alba no pudiendo contener aquel arranque, aquella atracción que ya conocía, aquel imán inmenso, irresistible.

Bajé por el camino del bosque en una madrugada que se anunciaba fresca y primaveral. Un ataque de asma en el curso del camino me impidió correr hasta Massabieille tal como hubiera deseado. A pesar del ahogo y el silbido de mi pecho como el viento a través de las afiladas grietas en la montaña; a pesar del temor y el peligro de quedarme, de un momento a otro, sin respiración, continué, como pude, hasta llegar a la gruta. Tan segura estaba de que aquel presentimiento no era un engaño.

Desde el camino del bosque y desde el sendero en declive que de él arrancaba, así que pude vislumbrar la gruta, vi el nicho resplandeciente, justo en el momento en que empezaban a flaquear mis fuerzas. Vi su rostro iluminado, de una increíble delicadeza. Llegué hasta ella arrastrándome y casi sin aliento. Me arrodillé como pude, respirando hondo bocanadas de aquel aire tibio que parecía no querer llegar hasta el fondo de mis pulmones. Pero ella estaba ante mí, qué otra cosa podía importarme, nada llegaría a preocuparme por grave que esto fuera.

Una mirada, sólo una mirada. No me atreví a moverme. Ella tampoco se movió. Unicamente salió de su boca una frase de extrañas palabras que no pude comprender. Intenté repetirlas en voz alta sin saber lo que decía: *«Qué soï... chet siou... Coun-chet-siuo...»*.

Los peregrinos habían llegado, aquella mañana, día de la fiesta mariana, a la célebre gruta. Ellos, tal vez por ser más instruidos que yo, al oír aquellas extrañas palabras, se abalanzaron hacia la cueva. De forma apresurada, con un entusiasmo inusitado, pasando los unos por encima de los otros se precipitaron a besar las paredes de la roca. Y exclamaban: «¡Oh María, sin pecado concebida, rogad por nosotros que acudimos a Vos!».

La noticia se difundió por la villa en medio de una algarabía y un delirio para mí incomprensibles. Me anunciaron que debía repetir aquellas palabras al cura párroco aunque ignoraba por completo su sentido. Subí, pues, de nuevo al pueblo por el camino del bosque, con la cabeza baja y las cejas fruncidas repitiendo: *«Coun-chet-siuo... Qué sui... con-chet-sui, no, no siou, no, chet-siou, eso, con-chet-siou... Que suï...»*.

Al oírlas el reverendo palideció y murmuró: «Es ella». Poco tiempo más tarde, ordenó construir allí una capilla y organizó innumerables procesiones.

—Es lo que necesitaba oír —me había dicho—. Ahora este pueblo será famoso en el mundo entero por la aparición de tan importante señora.

Comprendí aún menos. Y una sensación de vértigo se apoderó de mí. Aquella era MI señora, MI amor secreto, MI más grande y hermosa fantasía. ¿Por qué debía compartirla? ¿A qué obedecía tanto alboroto? ¿A qué respondía que tuviera que ser famosa en el mundo entero? ¿Y de quién dependía? Llenarían la gruta de gente y ella no volvería a aparecer. Por un momento estuve a punto de negarlo todo y hacerme pasar por loca, perturbada, visionaria. Me daba igual lo que pudieran pensar de mí. Pero me di cuenta de que ya era demasiado tarde. Ahí acababa todo. Sin remedio. Los hechos se habían desbordado y se me escapaban completamente. Ya no podría hacer más visitas furtivas. Siempre tendría a alguien a mi espalda, interrogándome con la mirada, esperando que le descubriera algún misterio inaccesible para los mortales.

En efecto, era el fin. La ilusión se me escapaba como el agua entre los dedos.

Tuve ocasión de verla todavía dos veces más. El 17 de abril, miércoles de Pascua, en que parecía que hubiera venido sólo para complacerme por mi fidelidad, ya que, a pesar del vacío, seguía visitando la gruta diariamente. Y, la última, la del adiós definitivo, que tuvo lugar el 16 de julio, cuando por orden del alcalde, la gruta había sido cercada y la entrada a ella había quedado prohibida.

En ambas ocasiones, sólo nuestros ojos hicieron

gesto de rozarse. En los míos, quedó para siempre grabada su imagen.

Durante el tiempo que siguió, las autoridades tomaron cartas en el asunto iniciándose así un sinfín de procesos y actividades burocráticas ciertamente insólitas. Me obligaron a ser visitada por un jurado médico a fin de determinar si debían o no internarme en un asilo frenopático. Tras múltiples gestiones y, por supuesto, con la intervención de las hermanas, me dejaron tranquila y no llegaron a encerrarme, aunque algunos estaban convencidos de mi demencia. No era de extrañar, ya que, en ocasiones, la tristeza y el delirio por la ausencia de mi señora me hacían sentir cercana a la locura.

Sólo una persona podía apaciguar mi tristeza y consolarme en tan profundo sentimiento de soledad. Por las tardes solía acudir al convento de las hermanas para orar con la superiora. Ella se ofreció para darme una ayuda suplementaria en mis estudios, quería que llegara bien preparada al altar para recibir la primera comunión.

La primera tarde fui allí con intención de expresarle cuán desolada me sentía desde que mi señora no se había dignado aparecer. Cuando entré, estaba de pie en su celda. Murmuré unas palabras que probablemente se hicieron incomprensibles a causa del llanto y ella extendió sus brazos para acogerme. Corrí a abrazarla sollozando. Mis lágrimas empaparon la tela tupida y tosca de sus hábitos negros. Sentí bajo mi boca su pecho mullido y esponjoso que, enseguida, me recordó al de mi señora aunque difería notablemente en tamaño. La blandura de aquella enorme mama invitó a mis labios a re-

130

tozar en ella y mi boca se abrió, casi de forma automática, y mis dientes se hincaron en la tela mordiendo un pezón agradecido, ávido de recibir, que se irguió sin más contemplaciones.

—Dime otra vez cómo era —musitó al tiempo que me acariciaba el pelo y rodeaba mi nuca con su mano cálida—. Descríbemela, tú que tuviste el honor de verla y que aprendiste de ella el amor más grande y verdadero. Dime cómo era su piel.

—Su piel tiene el tacto resbaladizo del sebo tierno —acerté a decir con entrecortados suspiros.

Ella seguía acariciándome la cabeza, recorriendo con las yemas de los dedos el contorno de mi oreja, provocando un cosquilleo dulcísimo que descendía lentamente por mi espalda. Una sensación que no era nueva, pero llegaba con tal lentitud, que producía en mí un anhelo diferente, un deseo inquietante de seguir explorando, de internarme, sin remedio, en aquel túnel de caricias.

—¿Y su pelo? ¿Cómo es su pelo?

—Su pelo es de seda. Es la fibra más suave que se pueda llegar a tocar. Está hecho de finísimos hilos lacios y en su pubis... ¡Ah! —suspiré—... en su pubis se entrelaza enmarañado como las algas bajo el agua, como los helechos en el río, amalgama esponjosa que florece en armonioso desorden.

Inicié entonces la —lo recordaba— costosísima labor de liberar a la superiora de sus ataduras y desenfundarla de sus hábitos.

—¿Qué textura tiene su cuerpo?

—Se diría hecho de la misma esencia de las nubes —hablaba ya con agilidad, sintiendo que el disgusto se alejaba—. Sus pechos son pequeños, enhiestos y vivarachos. Juguetones como pajarillos que afilan su pico y lo levantan mostrando la erecta perfección de su perfil. Redondos y claros. Sus nalgas son dos montañas de arena, dos dunas resbaladizas que se agitan y balancean como las copas de los sauces con el viento. Sus dientes son de cristal y su rostro tiene el color del marfil, la alegría del coral, el brillo de las perlas y el tacto de la fruta madura.

Ella misma colaboró en tan ardua tarea de deshacer, uno tras otro, los mantos y enaguas que la cubrían hasta llegar a la trabajosa meta que representaba su desnudez. Tras las enaguas, aparecieron aquellos senos rotundos, hinchados y voluminosos que envolvían con amplitud mis mejillas.

—¿Y qué hacías con ella? —dijo con un hilo de voz quebradizo.

—Con ella llegué a los más altos confines del placer.

—¿Cómo? —preguntó con lo que ya no era voz, sino suspiro.

Sin oponer resistencia, me dejó conducirla hasta el duro lecho de aquella humilde celda y se tendió en él permitiéndome que la cercara entre mis rodillas, y mi sexo, también desnudo, se posara sobre el suyo. Dibujando grandes círculos, mis manos acariciaron la masa blanda de sus pechos. Mis caderas se columpiaban por encima de sus ingles y, con una voz que no podría asegurar que fuera mía, continué el relato de mis encuentros con la bella señora.

—Nuestros cuerpos se unían en una danza de mariposas. Sus manos me rodeaban y yo cabalgaba a lomos de su piel sujetando aquella crin blanca y rubia de joven Pegaso. Ella me dejaba beber de su manantial, sorber el sabor salado que fluía de su interior. Y ambas girábamos sobre un mismo eje hasta convertirnos en huracán imparable.

Me tendí encima de ella y, posando mi cabeza en su vientre, liberé una lengüecilla afilada y húmeda que corrió por su piel como el pequeño insecto que se desplaza en busca de alimento.

—Y el calor nos albergaba —concluí.

Fueron mis últimas palabras antes de introducirme en la ardiente, mojada cavidad que la superiora dejó al descubierto y puso a mi entera disposición cuando, con una agilidad insospechada, levantó sus rodillas y colocó las piernas abiertas por encima de mis hombros.

Aquellas visitas se repitieron periódicamente y eran el único consuelo a mi tristeza. También la atenuaba la oscuridad de la noche cuando la memoria me devolvía las imágenes perdidas y mis manos evocaban lo que empezaban ya a ser antiguas sensaciones.

Un día, estando yo en el Asilo, se presentaron ante la superiora los tres médicos más prestigiosos de la región. Delegados por el señor alcalde, a instancias de un tal barón de Massy, tenían orden de analizarme con todo rigor y redactar un informe explicativo de cuál era mi estado de salud mental y aclarar si mis facultades estaban o no perturbadas.

El barón de Massy era el prefecto de los Pirineos. Se decía de él que era autoritario por principios, por gusto y por temperamento. Católico practicante, una de sus obsesiones era no contradecir a la que en tiempos de Napoleón III y Eugenia de Montijo era la religión oficial. «Las diferencias de orden religioso o clerical son las peores», afirmaba.

El señor barón había tenido que informar al que, en aquella época era el ministro de Cultos de París acerca de los acontecimientos ocurridos en Lourdes. En su informe le decía que no tenía de qué alarmarse ya que el revuelo que se había organizado respondía únicamente a las ilusiones de una muchacha alucinada, de la cual se había hecho demasiado caso. Los hechos habían alcanzado dimensiones descomunales debido, principalmente, a la ignorancia de un pueblo demasiado crédulo y la acción desmesurada de un grupo de periodistas ávidos de transmitir noticias sensacionalistas.

Pero, tras lo ocurrido el día de la Anunciación, las palabras reveladoras, las manifestaciones del cura párroco y la defensa a ultranza que de mí hacían las monjitas del Asilo, el barón tuvo que replantear sus opiniones. Entonces, ordenó al alcalde de Lourdes que enviara un jurado médico a reconocerme.

Fue un interrogatorio largo y aburrido para el que tuve que armarme de una buena dosis de paciencia. Al final, redactaron su informe del que las monjitas me pusieron al corriente pasándome información clandestina. Los médicos constataban mi constitución enfermiza (lo cual era evidente) y aseguraban que, a causa de mi temperamento altamente impresionable, era víctima de un estado seudomístico con alucinaciones recurrentes; insistían en que tal fenómeno no era alarmante y que desaparecería con la llegada de la madurez. A pesar de tales afirmaciones, el prefecto quiso enviarme al sanatorio de Tarbes, pero a tal decisión se interpuso el señor cura y por supuesto las hermanas, quienes, hartas ya de tanta persecución, aseguraron que, si enviaban a los gendar-

134

mes, las encontrarían en la puerta de mi casa y tendrían que derribarlas a ellas y a la puerta y pasar por encima de sus cuerpos antes de tocar uno solo de mis cabellos.

El temor de las autoridades estribaba en el hecho de que la muchedumbre seguía acudiendo a Massabieille y esto podía provocar el nacimiento de un culto clandestino. Por ello se enzarzaron en discusiones burocráticas acerca de qué debía hacerse con la gruta. Al mismo tiempo empezó a correr la voz de que el agua de la fuente era milagrosa y se obtenían curaciones maravillosas gracias a ella. El alcalde, que no tenía ganas de más complicaciones, mandó analizarla por un químico-farmacéutico, y obtuvo un informe en el que se ponía de manifiesto la calidad de aquellas aguas y sus propiedades curativas. De esta forma, el manantial podía incluirse entre los que formaban la riqueza mineral del departamento, cuyo control correspondía al Estado. Al día siguiente, el alcalde mandó colocar una empalizada y prohibió el uso público de la fuente de Massabieille. De poco sirvió, ya que los obreros la derribaron en dos ocasiones y sus mujeres acudían allí diariamente, burlaban la vigilancia del guardián con astutos juegos de seducción y se colaban por un agujero que ellas mismas habían abierto en la empalizada. Cada noche, el guardián presentaba un paquete de denuncias en la comisaría, pues por limitado que fuera el hombre, no consentía que las mujeres se mofaran de él y, mucho menos, que se despidieran con risas y burlas. Pero a la hora de los juicios, las infractoras tomaban a pitorreo las sesiones. Acudían con la calceta y no paraban de parlotear hasta que el juez, temiendo que aquello se convirtiera en una juerga pública, levantaba las sesiones.

En cierta ocasión, el procurador quiso dar un escarmiento a tres mujeres que habían propagado el rumor de que la familia imperial iría a beber el agua de Massabieille y a orar en la gruta milagrosa. El procurador pensó que tal rumor podría resultar peligroso para la reputación de la familia imperial, y apeló al Tribunal de Pau. Llevadas allí, las mujeres de Lourdes fueron recibidas por las mujeres de Pau como verdaderas heroínas y casi mártires de la justicia. El procurador imperial no se atrevió a continuar el juicio por miedo a una avalancha de manifestaciones femeninas y, antes de que ocurriera una catástrofe, retiró todos los cargos y renunció definitivamente al proceso. De esta forma, las comadres de Lourdes regresaron al pueblo triunfantes y con laureles en la mano.

A pesar de esto, el prefecto de los Pirineos seguía empeñado en tener cerrada la gruta y ordenó al comisario de policía que mantuviera allí a la fuerza pública. El pueblo acudió al monseñor De Salinis, arzobispo de Uach y al señor Fould, ministro de Estado para que actuaran como emisarios ante el Emperador. Cuando Su Majestad llegó en septiembre a su palacio de Biarritz y se enteró de tales embrollos, telegrafió al prefecto para que hiciera desaparecer la barrera de la gruta y le ordenó no mezclarse más en el asunto de las apariciones.

El 5 de octubre de 1858 se derribó la empalizada en presencia del alcalde de Lourdes y del guardián. El comisario Jacomet fue abucheado por la población al pretender dar un discurso manifestando lo satisfecho que se sentía por la decisión de abrir el acceso a la gruta y tuvo que retirarse del acto.

Poco tiempo después, el barón de Massy fue trasladado a Grenoble, el procurador imperial desapareció de la vida pública sin que nadie supiera adónde había ido ni a qué se dedicó después de abandonar su cargo. En cuanto a Jacomet, consiguió un nuevo destino en Alais, donde también hay una fuente pero, en este caso, sin apariciones conflictivas y dicen que fue un comisario tranquilo cuya única obsesión, aparte de las mujeres, eran los tinteros.

Yo estaba al margen de discursos y problemas administrativos, de los que tuve conocimiento mucho más tarde. A pesar de ello, durante estos meses de agitación, mi vida interna no era, como yo hubiera deseado, un remanso de paz que envolviera mi apacible juventud. Dos veces al día, cubierta con mi caperuza blanca o con un pañuelo, iba al Asilo de las hermanas. En mi viejo cesto, llevaba mezclados un crucifijo, la calceta, un pedazo de pan negro y mi abecedario de cantos sagrados. Iba, sobre todo, a aprender el catecismo con el fin de prepararme para la primera comunión. Pero, a menudo, cuando debía recibir las enseñanzas de las hermanas, eran ellas quienes me pedían que les transmitiera lo que mi señora me había enseñado. Si me negaba alegando que tenía una gran necesidad y ansia por aprender el catecismo, ellas me decían:

—Es para tu señora. Tú eres la elegida, sólo tú puedes transmitirnos su doctrina. Nosotras no tenemos otro medio para llegar hasta ella.

Entonces, orábamos juntas.

Hice la primera comunión el 3 de junio en la capilla del Asilo. Algunos esperaban que en ese día recibiera gracias particulares y me distinguiera de mis compañeras por alguna señal del cielo. Tras la ceremonia de la Eucaristía, el reverendo Peyramale dijo haber visto un halo luminoso que aureolaba mi cabeza mientras me encontraba arrodillada en la santa misa y, especialmente, en el momento de recibir la comunión. El reverendo confesó que había rogado al cielo obtener una señal cierta para asegurarse de que, efectivamente, su feligresa era una privilegiada. Al parecer, aquella visión de la aureola sobre mi cabeza, reafirmada por un grupo de beatísimas hermanas, acabó de convencerle.

—Usted lo ha visto, ¿verdad, hermana Emmanuélite? —oí que le preguntaba el cura a la pobre hermana, anciana y algo cegata.

—¿Una luz? —preguntaba ella—. ¿En la niña?...

Miraba al cura que con los ojos la instaba a dar una respuesta afirmativa y proseguía:

—Sí, sí, claro que sí, una luz muy bonita.

La hermana Augustine y la hermana Eugénie, que estaban a su lado confirmaron de inmediato la visión.

—Era dorada, como la de los santos —dijeron.

El resto de las hermanas las miraron, luego se miraron entre sí; algunas enrojecieron de emoción, otras de vergüenza y todas afirmaron que, en efecto, la luz había aparecido.

—Era la prueba que esperaba —sentenció rotundo el cura tras el acuerdo general.

El 28 de julio, unos días después de la última aparición, el obispo de Tarbes publicaba un decreto constituyendo una comisión «encargada de comprobar la autenticidad y la naturaleza de los hechos que se habían producido desde hacía meses, con ocasión de una aparición, verdadera o pretendida, de la Santísima Virgen». Me esperaba pues otro brillante interrogatorio: el de la comisión diocesana formada por nueve miembros del Capítulo de la Catedral de Tarbes; los directores de seminarios mayores y menores, el superior de los misioneros diocesanos, el párroco de Bartrès y los profesores de dogma, de moral y de física del seminario.

La comisión investigadora comenzó sus trabajos el 17 de noviembre de 1858. Ese día, tras la celebración de la misa del Espíritu Santo en la iglesia parroquial, se presentaron en la gruta para inspeccionarla. Como siempre encontraban demasiada gente allí, decidieron que su centro de reunión sería la sacristía de la iglesia de Saint-Pierre. Sus investigaciones duraron cuatro años y nadie sabe a ciencia cierta lo que hacían. Durante ese tiempo, la afluencia de feligreses a la gruta fue creciendo de forma desmesurada, las historias de curaciones milagrosas aumentaban sin cesar. Nada ni nadie podía detener el culto iniciado tiempo atrás en la gruta de Massabieille. Por fin, el 18 de enero de 1862, el señor obispo de Tarbes publicó un edicto proclamando el juicio sobre las apariciones de la gruta de Lourdes. Decía textualmente:

«En nombre de Dios, declaramos que la Inmaculada María Madre de Dios se ha aparecido realmente a Bernadette Soubirous, el 11 de febrero de 1858, en días consecutivos, por dieciocho veces en la gruta de Massabieille, cerca de la villa de Lourdes, y que esta aparición reviste todos los caracteres de verdad y que los fieles están bien fundamentados al tomarla por cierta».

El párroco de Bartrès vino a verme al Asilo con el reverendo Peyramale tras la publicación del edicto. Al parecer, él fue uno de los que más influencia ejerció (bien asesorado por su colega de Lourdes) a la hora de sentenciar la veracidad de las apariciones. Tuvimos una amistosa charla que duró aproximadamente una hora. No me preguntó por la señora ni por lo que había visto en la gruta, sólo se interesó por mi persona. Quería saber qué hacía, lo que me gustaba.

—Me gusta jugar con los gatos en el patio de mi casa —le dije—. Me gustan las uvas, no soporto las manzanas...

El sonrió.

Al despedirse, tomó mi mano y yo sentí el calor de la suya, aquel calor de mano adulta, mano madura, tranquila. Tenía algo emotivo y sincero aquel saludo, el abrazo que me dio ya en la puerta y las palabras que susurró en mis oídos antes de marcharse.

—Acude a mí cuando no te quede nadie.

Y algo profético, por qué no decirlo. En aquellos ojos tan tiernos, en aquella mirada tan dulce había escrito un presentimiento. Me quedé con la duda... No. ¿Qué digo? Tuve la certeza de que algún día volverían a mi memoria aquellos ojos, cuando, en efecto, ya no me quedara nadie y sólo pudiera recurrir a él.

A instancias del cura párroco de Lourdes, mi familia se trasladó en 1860 al molino Lacadé a orillas del arroyo de Lapaca en la parte baja de la villa. El reverendo pretendía regenerar a mi padre ofreciéndole reanudar su antiguo oficio e instándole a llevar una vida

140

decente lejos de la bebida. No sé, con certeza, si lo consiguió. El verano de 1867, siendo yo ya religiosa en el convento de Nevers, monseñor de Tarbes, por sugerencia del mismo reverendo Peyramale, compró el molino para ponerlo definitivamente en manos de mi padre.

—Por fin hemos sacado algo bueno de todo este lío —exclamó mi madre el único día en que fui a visitarles.

6

¡Qué dulces y tranquilas eran aquellas veladas que pasé con las hermanas! Me vienen a la mente en este sueño lejano que es el recuerdo de mi vida anterior. Es como si lo estuviera viendo. ¡Qué apacibles jornadas! Con el rosario, los cánticos, las charlas y, sobre todo, nuestros rezos, único consuelo a la tristeza que me invadía por la pérdida irremediable de las horas pasadas en la gruta.

En julio de 1860 me trasladé al Asilo para vivir con ellas. Las hermanas hicieron esta petición a mi familia con la pretendida intención de atender a mi delicada salud, aunque, en realidad, una idea más elevada presidía su decisión. Las hermanas decían de mí que yo era un «depósito sagrado, un legado de la Virgen» y me querían a su lado. Así, pasamos, en un principio, maravillosas veladas.

Pero, con el tiempo, desgraciadamente, las cosas cambiaron mucho. Ya no esperaban con alegría, como antes, mi llegada diaria. Me tenían allí de forma permanente y esto provocó una notable explotación de mis aportaciones, modestas por otra parte y siempre humildes. Me llevaban al locutorio para narrar las apariciones cuando venían importantes personalidades y transmitir las enseñanzas de mi señora a aquellos que, según criterio de la superiora, lo merecieran. A menudo, me hacían comparecer ante algún enfermo que solicitaba mis dones para curarlo. De esta forma, tenía que dar friegas en torceduras, tocar miembros lesionados, posar mi mano en llagas y úlceras. Cuando no sabía qué hacer, los enviaba a la fuente a que se dieran un bañito o sumergieran en el agua la zona herida o, simplemente, se lavaran la cara con ella. Las propiedades curativas de aquellas aguas solucionaron en más de una ocasión los problemas de los enfermos, y corrió la voz de que tales males se aliviaban gracias a mis poderes. De todos los milagros que se me atribuyeron en realidad sólo uno ha quedado grabado en mi memoria: la conversión del incrédulo Rocher, que acaeció una tarde cuando, regresando de la gruta, me topé con él en el camino del bosque.

El señor Rocher no había conocido las veleidades de la fe y, hasta aquel momento, vivía sumido en su amargura, en su desgracia. Incrédulo y desdeñoso, de carácter agrio, envidioso y solitario, Rocher miraba a las mujeres a escondidas y soñaba que alguna vez sentiría aquel placer, origen de las más variadas manifestaciones del espíritu, por el que todos latían excepto él. Al encontrarse conmigo (él estaba tras unas matas rebuscando entre sus pantalones), tuvo un arrebato de inspiración. Dejó lo que estaba haciendo y apoyado en sus muletas, se acercó a mí con nerviosismo.

—¿Quién es esa señora a la que ves? —me espetó. Y casi sin mirarme, como si hablara para sí mismo añadió—: Hay algo dentro de mí que me abrasa. Algo me quema y no sé lo que es y no puedo arrancármelo. Vivo sumido en ese ardiente dolor sin que nada ni nadie me dé el consuelo que necesito —volvió a mirarme con una

144

mirada ansiosa, voraz—. ¿Acaso tu señora podría? ¿Podría ella arrancarme esta angustia y mostrarme el camino para alcanzar la tranquilidad, la paz interior, la gloria y esa sensación de embobada felicidad que tú muestras desde que la has visto? Dime, ¿podría ella?

Con mi acostumbrada seguridad, en tono sereno y voz queda, respondí al señor Rocher:

—Mi señora es la representación de lo ansiado. Por ella se llega a la gloria porque nada fuera de ella tiene valor. Su perfección es tal que se respira y, al entrar en ti, te convierte en un ser poderoso para quien toda la miseria de este mundo, el horror y la desgracia ya no existen. Imagínela recubierta de púrpura, alzada sobre un pedestal de oro, sonriente como una mañana de verano, desnuda y perfecta, abierta como un nenúfar sólo para usted.

Mientras yo hablaba, la mirada del señor Rocher se extraviaba, su respiración se agitaba y una de sus manos se perdía en el interior de sus calzones.

—En ese momento, entréguele su dolor y su dolor se convertirá en gozo; ofrézcale su pena y su pena se tornará alegría; transmítale su amargura y ésta se transformará en jovialidad. Es un volcán lo que hierve en su interior, que clama por salir y desbordarse invadiéndolo todo a su alrededor y cambiando su antiguo aspecto gris por un dorado, rojizo y arrasador río de lava. Entréguele pues ese volcán y verá renacer en su interior la paz al tiempo que una inmensa fuerza le devolverá la esperanza y el deseo de vivir.

Con los ojos entornados, la boca entreabierta y sus tullidas piernas meciéndose al ritmo del ardiente zalear de su mano, el señor Rocher había perdido de vista el mundo. Sus labios iniciaron el bisbiseo de una incomprensible jaculatoria, que no quise interrumpir. Le animé en voz muy baja a continuar, al tiempo que me retiraba discretamente intentando no hacer ruido al pisar las hojas secas. Lo dejé allí, consagrado a su recogimiento y me alejé por el camino del bosque. Cuando había recorrido unos metros, un gemido retumbó en los gruesos troncos de los árboles agitando sus hojas y espantando alondras y garzas que durante unos minutos revolotearon desconcertadas. Una sonrisa inevitable asomó a mis labios. Sin siquiera girarme, proseguí mi camino de regreso a casa.

Al poco rato, Rocher entró en el pueblo gritando: «¡Milagro, milagro!». Los vecinos se asomaron a las puertas y ventanas de sus casas esperando ver sus piernas curadas y se quedaron un poco confusos al observar que renqueaba como de costumbre. Pero su rostro había cambiado, su expresión amarga se había borrado para dar paso al brillo inconmensurable de una arrobada emoción.

Nadie llegó a entender por qué a partir de aquel día se convirtió en un fervoroso creyente, admirador de mi persona y defensor a ultranza de cualquiera de mis actos. Algo extrañadas, las gentes del pueblo se convencieron de que en efecto, algún milagro se había obrado en aquel buen hombre.

Entre explicar las apariciones, ensayar curaciones milagrosas y atender a las hermanas, mi vida en el Asilo se iba haciendo cada vez más triste. Ya no quería hablar más de las horas maravillosas de la gruta. No quería contárselo a más gente. Deseaba guardar aquel recuerdo en lo más íntimo, como en un jardín cerrado al abrigo de los indiscretos. ¡Cuánto añoraba a mi dulce señora! ¡Cuánto añoraba los momentos de pasión que me había regalado, sus caricias, sus besos, sus manos blancas, su pelo! Me enloquecía el recuerdo de su pelo cayendo como el agua que sin cesar manaba de la fuente. Allí quería volver, sola como antes, dejar que mis dedos se entrelazaran con el agua y evocar así sus cabellos, aquéllos que tuve sólo para mí, cayendo entre mis manos como ahora caían las lágrimas que cubrían mi rostro en la celda tranquila y solitaria del Asilo.

Las dichosas hermanitas no me dejaban en paz. Una tarde me mostraron como un animal curioso a una multitud que se había congregado ante el Asilo y que al verme aparecer gritó enloquecida:

—¡Nuestra santita, ahí está nuestra santita!

Tampoco me permitían jugar con los niños más pequeños. Si alguna vez mi juvenil impulso me llevaba a compartir con ellos algún juego, me arrancaban de su lado con el pretexto de que enseñara a las hermanas, pues eran ellas, antes que nadie, quienes debían conocer los secretos a mí confiados. Su exclusividad reducía mi vida en el convento a un encierro. De vez en cuando, ayudaba en los quehaceres de la cocina, las labores o la enfermería. El resto del tiempo tenía que dedicarlo a ellas y ya empezaba a cansarme de tanto compartir los rezos, en especial con aquellas hermanas que no eran precisamente de mi agrado. Por las noches, oraba en solitario recordando los pechos blancos y el pubis frondoso de mi señora amada.

La hermana Victorine se ocupaba particularmente de mí. Ella fue quien me encontró con una antigua compañera de clase que solía venir a visitarme y me enseñaba a colocarme pedazos de madera, a modo de ballenas, en el corsé y a ensancharme la falda para darle la forma de miriñaque. Yo, a cambio, la ayudaba en sus rezos ya que era una alumna muy devota de la Virgen y, con gran solicitud, me había pedido que le concediera esa gracia. Siempre fui generosa, no me costaba repartir favores y, además, si debía hacerlo por obligación con las hermanas, por qué no hacerlo con ella por puro gusto. La hermana Victorine tuvo una grave crisis de celos por este motivo, pues en muchas ocasiones había insistido para que le enseñara a orar como lo hacía con mi señora y yo me había negado reiteradamente. Sus carnes eran demasiado fofas, su aspecto hombruno, su rostro surcado de grietas y ensombrecido por un oscuro vello que le asomaba bajo la nariz y las mejillas. Su figura ruda y deformada quedaba demasiado lejos de la sutileza y el encanto de mi amada. Sin embargo, mi compañera, grácil, joven, vivaracha y despierta, intercambiaba conmigo —siempre con gran devoción— los más sutiles jueguecillos ayudándome así a sobrellevar la añoranza, el dolor y el asfixiante devenir de mi vida en el convento.

También mantenía largas charlas junto al hogar con otra de las hermanas, cuyo nombre no consigo traer a la memoria. Anciana y tierna, me acogía junto a ella al abrigo del fuego. Me hablaba con serenidad y sabio juicio. Ella influyó enormemente en mí a la hora de decidir mi vocación religiosa. Ya nada tenía que hacer en el Asilo, me indicó. Era mejor retirarme a una vida religiosa, modesta y solitaria, lejos del acoso constante de la gente.

Alguna vez, visitaba la gruta con la debida protección. Solamente podía ir allí acompañada por los guardias. Me arrodillaba con desgana frente al nicho y me limitaba a recordar, hablar desde el interior con mi señora, rogarle que me ayudara, que me diera fuerzas para seguir adelante. En el fondo, tenía una leve esperanza de que volviera.

En dos ocasiones tuve que acudir a la gruta por motivos oficiales. La primera para ver en el nicho la imagen de escayola que habían colocado. Era obra de un escultor de poca monta pero con influencias. La había moldeado según las indicaciones que yo misma le había dado y de las cuales tomó unas sucias y escuetas notas en su cuaderno de trabajo. Al verla me quedé estupefacta. ¡Santo Dios! ¡Tanta diferencia había entre la tierra y el cielo, entre la realidad y el sueño! No era posible, aquélla no era mi señora. No sólo no se le parecía, sino que era claramente su antítesis. ¿Y se iba a quedar allí colocada para gloria y veneración de todos cuantos la visitaran? Que lo hicieran, de acuerdo. Aquella imagen nada tenía que ver conmigo y, por lo tanto, yo nada tenía que compartir con los que allí la habían colocado. Pero, ¡qué gran desilusión! ¡Qué disgusto! ¡Cuánta pobreza en un trozo de yeso mal modelado! Todo había cambiado. Definitivamente, ya nada volvería a ser como antes. Salí corriendo de allí y aquella noche lloré con más intensidad, más dolor y más amargura que nunca, sintiendo, por primera vez, que mi señora me había abandonado.

La segunda ocasión fue más folclórica y yo iba ya preparada para cualquier cosa. Aun así, el espectáculo resultó deplorable. Fue el 21 de mayo de 1866. Tuve que asistir a la inauguración solemne de la Cripta del Rosario. Habría estado contenta al ver que se cumplía un deseo de mi señora de no ser por aquel exagerado fervor popular. El pueblo me reclamaba con el grito:

—¿Dónde está nuestra santita?

Cortaban pedazos de mi vestido, habían arrancado el rosal silvestre, todos deseaban un amuleto, un fetiche, un trozo de algo para venerar. Se organizó tal revuelo y confusión, que no pude más que gritar desesperada:

—¡Esta gente está completamente loca!

Intenté con rabia deshacerme de ellos, pero la multitud siguió despojándome de cuanto llevaba hasta desnudarme casi por completo y hubo que salvaguardarme y protegerme de ella. Salí de allí escoltada por los soldados, los mismos que en el Asilo me habían rodeado a fin de mostrarme al pueblo.

Esta popularidad creciente y ofensiva me decidió en mi vocación religiosa. Quería esconderme, vivir apartada del mundo. Mi intención era meterme en la orden trapense, ya que en la Trapa nadie vendría a importunarme, pero mi delicada salud no me lo permitía. Entonces empezó mi gran confusión. Los diferentes conventos se disputaban mi entrada en ellos. Las religiosas de numerosas congregaciones pretendían atraerme mostrándome lo hermoso de sus tocas y sus velos. Todas me decían que con ellas estaría mejor que con nadie, que su convento era el más cálido, el más acogedor. Entre ellas se disputaban mi entrada en su congregación, discutiendo como vulgares verduleras que intentan vender su producto en un mercado abarrotado donde la competencia obliga a abaratar los precios y a mostrar lo mejor de su mercancía. Todos opinaban sin consultarme y sin tener en cuenta mis deseos o necesidades. Por fin me decidí siguiendo las indicaciones de aquella anciana hermana que hablaba conmigo junto al fuego —qué entrañable recuerdo guardo de ella—, sentadas ambas en un peldaño de la escalera, y cuyos tiernos consejos tanto influyeron en mi alma. Ella me había hablado de un hermoso convento bajo el tibio cielo de la comarca del río Loire, en la cima de la colina de Nevers. Me había descrito sus edificios, sus capillas, su jardín ensombrecido de castaños y sus vastas huertas festoneadas de boj. Allí iría pues, sin atender más contemplaciones. Sería hermana de la caridad y de la institución cristiana de Nevers.

El 4 de julio de 1866 dejé a mi familia, que no mostró un especial dolor por la pérdida.

—Lo bien que vas a estar allí —me decía risueña mi madre.

Mi hermana Toinette me miraba con cierta envidia y mi padre intentaba mostrar una resignada aceptación alegando que, efectivamente, era lo mejor para mí, a pesar de la simulada pena que le producía la ausencia de aquella boca en el hogar.

Antes de marchar, pasé por la gruta para dedicarle mi última despedida a aquellas paredes húmedas que, no obstante, con tanta calidez me habían acogido y donde tan buenos momentos había pasado. El adiós fue desgarrador. No podía separarme de la roca, al pie de la cual me derretía en sollozos.

—¡Oh señora, señora mía! Nunca más volveré. ¿Cómo podré dejaros? ¿Cómo podré vivir sin vuestra presencia, sin la esperanza, aunque lejana, de que un día volveréis a aparecer?

Mis lamentos se repetían mientras algunas de las hermanas intentaban, sin éxito, sacarme de allí. Les supliqué que me concedieran quedarme unos instantes más, pero ellas insistían en llevarme. Finalmente, agotada, rendida por la desesperación, dejé que me llevaran a rastras, con el corazón destrozado por el dolor y el rostro surcado de lágrimas. Me sostenían y yo me volvía siempre hacia la gruta, como el día aquél en que el molinero Nicolau me arrancó de mi éxtasis y me llevó al molino de Savy tapándome los ojos con su mano.

—Bernadette —me decían algunos al pasar, con el fin de consolarme—, no te apures, que la Virgen está en todas partes.

—Sí —respondía yo—, pero la gruta era mi cielo. Y si no ha venido aquí desde que todos vosotros la estáis invadiendo, menos aún se me va a aparecer en el convento.

De esto estaba completamente segura. La historia de las apariciones se había terminado ya hacía tiempo. No iban a repetirse ni en el convento —bajo la mirada siempre atenta y curiosa de las monjas—, ni en ningún sitio. Pero, hasta ahora, mientras todavía podía volver a la gruta, mientras podía recrearme en la visión de aquellas paredes frías, el recuerdo me llegaba fresco y cabía en mí la remota esperanza de que un día volvieran a iluminarse sólo para mí, me envolvieran en su niebla y me llevaran consigo.

Llegué al convento de San Gildard, en Nevers, la noche del 7 de julio. Una monja me acompañó hasta mi celda en el extremo del que llamaban dormitorio de Santa María, donde me tenían reservado un humilde lecho cerca de una imagen de la Virgen.

La madre general no estaba muy dispuesta a admitirme, aunque de sobras conocía mi fama. Ella no se había prestado a la subasta de conventos que pujaron por mi entrada en ellos, al contrario, y ésta fue una razón más para animarme a ir allí. Sin embargo, debía llevarme bien con ella. Por una parte porque me interesaba quedarme allí y, por otra, porque, si me quedaba, me convenía mantener relaciones armoniosas con mis convecinas y, muy en especial, con la que mandaba sobre todas ellas.

Según me anunciaron en secreto dos bondadosas hermanitas, el temor de la madre general venía provocado por mi constitución enfermiza. Me consideraba una aspirante enclenque y debilucha con especiales necesidades de atención y pensaba que me pasaría la mayor parte del tiempo recluida en la enfermería. Pero, como ya he dicho, no desconocía los favores que del cielo me habían caído, y mi instinto me decía que algo de curiosidad debería tener reservada en el fondo. Debía por tanto explotar esta posibilidad mostrándole a la madre general mis brillantes cualidades para la oración. Más tarde me arrepentiría de ello al descubrir la verdadera naturaleza de aquella mujer.

Me recibió en su despacho al día siguiente de mi llegada. Al entrar, me dirigió una mirada voluntariamente distraída.

—Así que vos sois la postulante que ha venido de Lourdes, ¿no es así? —interrogó en tono indiferente.

—Sí, madre —respondí con un gesto de humildad.

—¿Cómo os llamáis?

—Bernadette Soubirous.

—¿Y qué sabéis hacer?

—Yo... —titubeé— apenas nada, madre.

—Entonces, hija mía, ¿qué vamos a hacer contigo?

Me azoré unos instantes temiendo que me rechazaran en el convento. No debía permitirlo. Evoqué el recuerdo de mi señora para darme fuerzas y, alzando la cabeza, miré con firmeza a la madre general.

—Sé orar —dije con tono seductor poniendo, si cabía, más énfasis en la mirada que en las palabras.

Ella hizo un gesto de extrañeza. Parecía sorprendida por mi atrevimiento puesto que debía estar claro que ella, siendo la superiora del convento, sabría orar tanto o más que yo.

—¿Ah, sí? —dijo en tono desafiante. Luego se reclinó cómodamente en su sillón y añadió—. Pues, venga, enséñame cómo lo haces.

Por un momento pensé que alguna noticia debía de tener aquella monja acerca de mis dotes místicas. Tal vez la superiora del Asilo de Lourdes lo había puesto en su conocimiento por medio de alguna misiva. Al fin y al cabo, era cierto que algunas religiosas estaban conectadas entre ellas y se intercambiaban con frecuencia las noticias de lo que acaecía en sus conventos. Por ese motivo, no me detuve en preámbulos y fui directamente al grano. Me arrodillé ante ella con las manos unidas y, tras unos segundos de recogimiento, las introduje en su hábito buscando con la punta de mis dedos el que debía sin duda ser centro de mis plegarias. Mis manos chocaron con un bosque increíblemente húmedo al que ninguna prenda de ropa protegía, lo cual no dejó de provocarme cierta alarma. Yo iba decidida, pero ella sabía muy bien lo que quería.

154

—¿A que esperáis? —dijo—. Venga, demostradme que sois digna de entrar en este convento.

Me hice, sin demasiado esfuerzo, acreedora de tal merecimiento. A partir de aquel día, la madre general venía a recogerme todas las tardes y me llevaba en el viejo cupé del convento a dar largos paseos por los alrededores de Nevers.

—Sois un pecadillo de los dioses —me decía pellizcando mis mejillas mientras el destartalado vehículo traqueteaba por el camino entre castaños.

En el convento ya no era Bernadette sino sor Marie-Bernard. Y mi vida ya no era alegre, cándida y llena de ilusiones. Al principio sí, todo iba bien. Me había ganado la confianza y el cariño de la superiora general y había conseguido que se portara con gran solicitud conmigo. Ella prohibió a las religiosas y a las novicias que dijeran una sola palabra acerca de las apariciones, ya que yo no sentía deseo alguno de repetir aquel relato y compartirlo con nadie. Lo quería sólo para mí, guardado en lo más íntimo, para revivirlo en el más absoluto recogimiento, con el sabor amargo y a la vez apetitoso de la pérdida, pues, como decía Teresa de Ávila, «destas mercedes tan grandes queda el alma tan deseosa de gozar del todo al que se las hace, que vive con harto tormento, aunque sabroso».

Cuando las hermanas le preguntaron a la superiora el porqué de aquella decisión, ella alegó que quería preservar mi humildad, que debía evitar a toda costa que las otras monjas me trataran con veneración y eso llegara a enorgullecerme. Ella misma no estaba en absoluto interesada por el relato, sin embargo, se mostraba dispuesta a cualquier cosa con tal de tenerme a su entera y exclusiva disposición. Su vigor era tal que llegaba a extenuarme. En los paseos por el jardín, no paraba de tocarme y musitarme al oído lo que tenía preparado para mí aquella noche. Sorpresas, sorpresitas, decía ella, que me dejarían boquiabierta. Y, en efecto, su imaginación era desbordante. Inventaba para mí los más variados ejercicios de mortificación.

—Son lo mejor para la salvación de tu alma —me decía mientras preparaba el cilicio.

Era el preámbulo que más animaba su excitación. Invocaba a todos los santos mientras me castigaba con un fervor creciente que culminaba cuando yo, derrotada, me agarraba a sus piernas y, antes que suplicar para conseguir su piedad, debía introducir mi cabeza bajo sus faldones y lamer con fruición su viscosa y maloliente vulva.

—Has estado muy bien, pequeña —me decía al finalizar—. Eres un regalito, un regalito del Santísimo. Si sigues así, tu alma se va a salvar para ésta y para todas las vidas que te vengan detrás.

Ahora lo recuerdo con la esperanza de que fuera cierto y tanto sufrimiento de entonces me valga para conseguir la salvación eterna en ésta, que espero, sea definitivamente mi última vida. Por las experiencias que almaceno de estas dos, no tengo interés alguno en saborear una nueva.

Me sonreía la madre general con sus ojos de roedor, me zarandeaba los mofletes con sus dedos calientes y regordetes. Al acompañarme a la celda, me rodeaba con su brazo y me iba asestando regularmente punzantes pellizquitos en las nalgas. Cada día me tenía reservada una nueva sorpresa que yo odiaba y que incluso llegué a temer de tal forma que aparecía en mis pesadillas nocturnas. Soñaba que en mi celda había una enorme rata gris que daba vueltas alrededor de mi cama husmeando por todas partes. Se subía a la imagen de la Virgen que había en un rincón y desde allí, desde su cabeza, se lanzaba a mi cama. En el transcurso de ese vuelo se convertía en la madre general que con su risa brujeril y sus hábitos negros, abiertos cual murciélago, iba a caer encima de mí aplastándome en mi lecho. Me despertaba un segundo antes de que me espachurrara, con la saliva comprimida, el corazón latiendo como una bomba y el sudor cayéndome por las sienes.

Me negué, por fin, a aquellos encuentros aludiendo que mi salud no me permitía tanto martirio continuado por mucho que contribuyera a la salvación de mi alma. Le dije que me sentía débil y que deseaba gozar de un período de recogimiento para dedicar mis oraciones a la señora de la gruta que me había privilegiado con su aparición. La discusión fue larga. Argumenté que yo había querido venir al convento para disfrutar de una vida austera y solitaria, entregada a la memoria de tan alta distinción para la que había sido llamada. Que al cielo le complacería mucho más verme dedicada a mis oraciones y a las tareas humildes que yo pudiera realizar en el convento. Que sus atenciones para conmigo eran muy de agradecer, pero que no era ése el camino que para mí tenía reservado el destino en esta vida. En fin, que no sabía cómo decirle que aquello se había acabado y que a partir de aquel momento ya no nos reuniríamos para procurar la salvación de mi alma y sería yo solita la que trabajaría a tal efecto.

No se enfureció, al contrario, con gran flema y una expresión de fingida indiferencia, me dijo al final:

—Está bien. Se hará lo que tú quieras.

Respiré hondo y le agradecí efusivamente su gran benevolencia. Pero antes de abandonar la estancia, cuando tenía ya agarrado el picaporte con la mano y me disponía a salir, preguntó:

—¿Qué se hace con una escoba?

—Barrer —respondí yo sin girarme y temiendo que aquella pregunta no fuera gratuita.

—¿Y después? —añadió.

—Se la vuelve a su sitio.

—¿Y dónde está su sitio?

—En un rincón detrás de la puerta de la cocina.

—Esa será tu vida a partir de ahora.

Con estas palabras se iniciaba lo que sería una larga procesión de humillaciones, de las cuales no iba a librarme hasta el final de mi vida.

Me trataba con total y absoluto desprecio. Aprovechaba cualquier oportunidad para degradarme ante mis compañeras. Me sometía, en público, a las más viles vejaciones y siempre encontraba un motivo para maltratarme. Afortunadamente, su actitud malintencionada no siempre resultaba tan dolorosa para mí como la madre general pretendía. Así ocurrió cuando, en el refectorio, se leyó para toda la comunidad la *Histoire des apparitions,* una obra de Henri Lasserre que apareció por aquellos días y que en poco tiempo alcanzó un gran éxito. La madre general no quiso que yo la escuchara temiendo, según dijo públicamente, que me enorgulleciera en exceso al oír el relato, y me envió a la enfermería con el pretexto de que era bueno para mi salud que fuera a tomar un descanso. No sabía cuán doloroso me habría resultado escuchar aquella lectura, revivir de una manera totalmente deformada (de eso estaba bien segura) los acontecimientos que tan hondamente me habían marcado. Estuve durante varios días en la enfermería gozando de aquel descanso necesario. De esta forma, en contra de lo que la madre general había pretendido como un castigo, me libré de compartir con tantos oídos el relato de las apariciones.

También la maestra de novicias, la madre Marie Thérèse, tuvo conmigo una actitud similar a la de la superiora. Era una mujer orgullosa de su oficio. Decía de sí misma que tenía el don y el celo de modelar almas. Trataba a las novicias y profesas con extrema diligencia, aunque su estilo era muy diferente al de la superiora. No se dedicaba, como la otra, a repartir burdos pellizquitos en la nalgas, zarandear a las jovencitas con vulgares achuchones o elevarles el espíritu cilicio en mano. Era mucho más sutil, más elegante. Solía llevar una pequeña vara con la que dirigía al grupo. Acompañaba todas sus indicaciones con los movimientos de aquel fino bastoncillo a modo de batuta. La recuerdo porque, aunque nunca golpeó con ella a ninguna novicia, más que dirigir, daba la sensación de amenazar. Estaba siempre allí alzada sobre nuestras cabezas y parecía que de un momento a otro iba a caernos encima.

No ocurrió nunca, ya lo he dicho, no era su estilo. La vara se erguía con tal finura que una no sabía si temerla o adorarla. Dirigía sus clases con una solemnidad y una alegría mariana dignas de elogio. Estaba segura de sí misma, conseguía siempre sus objetivos, en especial los que hacían referencia a sus alumnas, a las cuales invitaba sistemáticamente a su celda, acabadas las clases, para darles alguna que otra lección particular.

—Confíame el fondo de tu alma, hija, que yo con mi cincel la moldearé —les decía camino de las habitaciones.

Lo que ocurriera después con las muchachas lo ignoro por completo ya que yo nunca quise confiarle el fondo de mi alma. Dicen que era zalamera y algo empalagosa y que gozaba con tal amplitud y exceso, que a veces incluso había llegado a desmayarse. Mi actitud negativa la molestó profundamente y con su acostumbrada retórica me espetó:

—Como educadora religiosa y celosa de mi papel, no puedo admitir que tú, novicia privilegiada y taciturna, de temperamento montañés, reserves únicamente para tu señora, como un claustro interior, la parte más secreta de tu intimidad.

No entendía muy bien lo que quería decir con todo aquello, pero intuía una crispada insistencia en que le confiara los secretos que estaban almacenados en lo más hondo de mi intimidad. De nuevo me negué y, a partir de aquel momento, hizo todo lo posible por ensombrecer mi espíritu, reservando para mí toda la aspereza que era capaz de almacenar y martirizándome con todo tipo de humillaciones ante el resto de mis compañeras. Ellas, testigos de este rigor, se decían las unas a las otras:

—¡Qué suerte, no ser sor Marie-Bernard!

Eran días de sufrimiento, dolor y abandono. Yo soportaba en silencio todas las humillaciones y me sentía cada vez más lejos de todo lo exterior, más apartada de cuanto me rodeaba.

¿Estaba escrito que yo sufriera todo tipo de pruebas para acercarme a la santidad? Al parecer, entre la madre general y la maestra de novicias se disputaban los méritos para mi entrada en el cielo, pues todo hacía pensar que cuanta más mortificación tuviera, más cerca estaría de conseguirlo. Ambas afirmaban públicamente que yo debía ser atormentada para llegar a la virtud. Mentira. Estaban celosas. Yo les había negado mis conocimientos, había preservado mi intimidad y mi alma y no les había entregado ni un ápice de mi amor. Guardaba con celo mi secreto y ellas no podían soportarlo. Me envidiaban por ser poseedora de algo que les resultaba inalcanzable. Yo lo sabía, lo supe desde el momento mismo en que vi su rostro, aquella máscara de falsa bondad que ocultaba su verdadera identidad. ¡Monjitas amables entregadas a su vocación! Mentira, entre ellas se odiaban, en su rostro estaba escrito el rencor. ¿Se habían amado previamente? En algún momento de sus vidas habían dado alas a una pasión tal vez desgarradora, pero cuando la piel empezó a flojearles, cuando cada una palpaba en la otra un pellejo arrugado y blando, ambas ansiaron las carnes jóvenes que tan a mano tenían. Y se sintieron abandonadas, despreciadas la una por la otra. A partir de aquel momento, su vida debió de convertirse en un reto constante. Depredadoras de la joven ternura de sus novicias, siempre a la caza de nuevas piezas, cada mocita conseguida representaba un trofeo a exhibir con orgullo ante la rival.

A mí no me tuvieron. Nunca me entregué a ellas. Sólo la madre general podía contar con mi franqueza del principio, pero de sobras sabía que no había sido más que eso, una debilidad, que jamás le confié los secretos que tan en el fondo tenía recogidos. Ambas habían esperado mi llegada con auténtica lujuria; ansiaron mi presencia entre aquellas paredes para abordarme. Con una falsa mueca de indiferencia se disputaban la conquista de aquella feligresa venida de Lourdes con tal aureola sobre los hombros. Aquella de las dos que la consiguiera habría alcanzado el verdadero triunfo sobre la otra.

Pero mi corazón no era de nadie, no lo sería nunca más. Sólo pertenecía a un recuerdo, a una imagen perdida. Un recuerdo que me hería y a la vez me alimentaba. ¿Qué esperaba ahora de mí la señora? ¿Acaso una vida de martirio que me elevara a los altares para ir a su encuentro? ¿Debía entonces morir como santa para llegar de forma más directa y rápida hasta sus brazos? En ese caso, tenía que profesar antes de que me llegara la muerte, ya que, siendo religiosa, era mucho más fácil morir santa o, en todo caso, ser canonizada en poco tiempo. Incluso las cosas del cielo pasan por cierta burocracia. A partir de ese momento, me propuse firmemente tal objetivo: profesaría como religiosa lo antes posible y, de esta forma, me labraría el camino hacia el cielo, pues allí debía encontrarse, sin duda, mi divina señora.

Claro está que la superiora general se negaba a que recibiera el voto, pero yo sabía que el obispo de Nevers quería que yo sí profesara —más tarde o más temprano, le daba igual— antes de expirar, ya que también para él los trámites resultaban más ágiles de esta manera.

Una noche tuve un gravísimo ataque de asma que me hizo sentir realmente a las puertas de la muerte. Había llenado una jofaina de sangre, lo cual alarmó a la superiora que corrió a llamar a monseñor de Nevers para que me concediera el voto *in extremis*.

—No te mueras hasta que llegue —me decía—, que si no profesas me van a cargar a mí todas las culpas y luego, como castigo, vete tú a saber dónde me envían.

Entre las nueve y las diez llegó el obispo mal aseado y con cara de sueño.

—Siempre tienen que morirse de noche —murmuró al entrar, por lo cual la superiora se disculpó.

—Como queríais que muriera religiosa y el ataque ha sido tan fuerte, temí que, si esperaba a mañana, fuera demasiado tarde.

Cuando el obispo se marchó, una vez recibido el voto y superado el peligro, clavé mis ojos en el rostro de la superiora y dije victoriosa:

—Me habéis hecho profesar porque creíais que moriría esta noche, ¿verdad? Pues bien, os equivocasteis, no moriré aún.

Un arrebato de ira la asaltó.

—¡¿Cómo?! ¿Has hecho venir al señor obispo a una hora intempestiva sabiendo que no ibas a morir? ¿Cómo has osado? —Con los ojos llenos de rabia y las mejillas enrojecidas añadió—: Te aseguro que si mañana no has muerto te quitaré el velo de profesa.

—Como queráis, querida madre —respondí yo tranquila desde mi lecho.

Acababa de ganar una batalla, una batalla que me acercaba un poco más a mi señora. Y estaba segura de que de ninguna manera la madre general podría arrebatarme el velo. Una vez hecho el trabajo, y además a horas tan incómodas, el obispo no querría, por nada del mundo, repetir la ceremonia. Un sonoro portazo de la superiora al salir de mi alcoba, puso fin a la escena.

Había conseguido lo que deseaba. Me sentía tan feliz por ello, que ya no me importunaban tanto los acostumbrados insultos de mis compañeras. Cuando me molestaban con sus acusaciones o comentarios malintencionados, yo les mostraba con júbilo el crucifijo y el velo de profesa y les decía:

—Mucha tontería con la maestra de novicias para nada. Yo ya lo tengo, es mío y nadie me lo podrá arrebatar. Formo parte de la congregación, ni siquiera la superiora me puede despedir.

La señora se ha servido de mí y después me ha puesto en un rincón. Venga a mí el sufrimiento y la pena si con ellos puedo llegar hasta el lugar donde me espera.

¿Me esperaba? La duda y la confusión se apoderaban de mí con frecuencia.

¿Fue cierto? Sí, aún conservo fresco el olor a rosas silvestres que emanaba de vuestro cuerpo. Si pudiera cerrar los ojos y dejarme morir entre vuestros brazos... ¡Cómo añoro, dulce señora, aquellos besos y vuestros pechos tiernos y vuestro sabor a almíbar y vuestras manos como alas tomándome en un abrazo de algodones! Fue cierto, ¿verdad? Decidme que fue cierto que os amé, que en una oscura y húmeda cueva fuisteis mía, que yo os vi, que vos me hablasteis. Dadme una señal, dadme una nueva luz a la que dirigirme, abridme una senda por donde pasar con seguridad y firmeza, con la certeza de saber que vos estáis al final. Humedeced, si no, de nuevo mis entrañas para confirmar que fue cierto, que yo os amé y vos me amasteis, que ahora estáis esperando a que mi alma se eleve y viaje por etéreos caminos anhelando vuestro encuentro. ¿Es cierto? De-

164

cidme, ¿es eso cierto? Entonces, llevadme hasta vos, dejadme morir en este momento.

¡Qué larga fue la agonía! ¡Qué largas fueron la vida y la espera en los últimos momentos! Cuatro veces llegué al borde de la muerte, cuatro veces recibí los últimos sacramentos. Y abandoné, por fin, mi cuerpo y el mundo a los treinta y cinco años, la misma edad que ahora tengo. Ahora, sí, en estos momentos en que hundo mi cara en el papel para dejar constancia escrita de esta revelación. ¿Otra vez la coincidencia? ¿Acaso puede ser tan pícara y acertada la casualidad? No, imposible. Me reafirmo en todo cuanto la memoria me ha traído: nací en Lourdes, fui pastora en Bartrès, colegiala en el Asilo de las hermanas, religiosa en el convento de Nevers, nunca llegué a dominar la lengua francesa, lengua de los cultos, mi idioma era el patués y yo era pobre, a los treinta y cinco años profesé, y el 16 de abril de 1879 mi espíritu inició, vagabundo, este camino que hoy encuentra su final. ¿Estará próxima, otra vez, la muerte?

Aquella mañana la sentía tan cercana. Su presencia me envolvía, su olor me ahogaba, su llegada estaba impresa en aquel amanecer de cielos oscuros que anunciaban una triste primavera. Bajé inconsciente a los sótanos del convento donde se guardaban antiguas imágenes raídas por el paso del tiempo. Tallas de madera carcomidas, salpicadas de agujerillos, surcadas en su interior por túneles y galerías de microscópica ingeniería; viejas piezas modeladas en arcilla o escayola con los miembros mutilados y taladradas de profundos orificios, cicatrices del tiempo, de tantas caídas y tantos golpes que debieron recibir de manos negligentes. No sé qué buscaba. Todas las imágenes que había visto no eran más que monigotes de piedra tan lejanos a la belleza de mi señora. Ninguna estatua podría repetir la grandeza de mi visión. Si los artistas hubieran podido ver cómo la desfiguraban, la vergüenza se habría apoderado de ellos arrebatándoles el deseo de volver a esculpir.

Bajé hasta el sótano oscuro, zurcido de telarañas. Caminé en la penumbra tropezando con viejos muebles, oyendo el suelo de madera crujir a mi paso. Un rayo de luz iluminaba en un rincón una pequeña talla inclinada hacia el muro, reposando en la pared su cabeza torcida, tal como debió de quedar cuando la dejaron caer allí sin ningún cuidado, quién sabe hacía cuánto tiempo. Mi señora en aquella mañana no era mucho más que aquello. ¡En qué soledad tan profunda me había dejado!

Tomé la estatuilla entre mis manos. Observando sus pies roídos, imaginé qué cruel erosión podría haber causado aquella profunda herida. Tal vez en ellos afilaron sus dientes las ratas, habitantes perennes de aquel mohíno subterráneo, fieles convecinas de cucarachas y alimañas. Sus manos tampoco existían, debieron de perderse en alguna caída y no eran más que dos quebrados muñones de piedra. Su manto desteñido acumulaba el polvo de tantos días, años seguramente, allí abandonada. «Mi muerte está cercana», pensé, «la presiento.» Miré sus ojos, aquellos ojos que fueron radiantes como lunas. Ahora no eran más que dos oscuros cuencos vacíos. Las grietas en la piedra, donde anidaban las arañas atravesaban su rostro y los insectos se paseaban por su frente esperando la presa.

Pero vi su sonrisa. Aquella sonrisa de guirnaldas, festiva y luminosa como una mañana de feria. Era aún su sonrisa, la misma que yo había besado. Por eso estaba allí, por eso bajé yo, como sonámbula, incomprensiblemente atraída por una extraña fuerza, hasta aquel viejo sótano enmohecido. Ella me había llamado. ¡Era cierto! ¡De nuevo, me había llamado!

Estreché la pequeña talla contra mi pecho y la cubrí de besos. Y sentí que la sequedad del polvo se pegaba a mis labios. Intenté introducir mis dedos por los pliegues de su manto, pero la dureza de la piedra no me dejó atravesarlos. Acaricié su velo y su cuello y sus cabellos, pero sólo recibía aspereza, frialdad. Entonces brotaron dos lágrimas que corrieron por mis mejillas en un reguero inagotable. Mi voz, en un gemido ahogado, le rogaba que me llevara con ella mientras encerraba entre los muslos la pequeña imagen plagada de aristas. Y la monté llorando y profiriendo agrios alaridos que el eco del subterráneo repetía. Eco que atravesaba los muros y se esparcía por la montaña hasta llegar a aquel lejano rincón del Pirineo. Cabalgué la imagen hasta teñirla con mi sangre en lo que sería el último y desesperado grito por la pérdida de aquello que ya nada ni nadie podría devolverme.

Al anochecer, cuando llegó el capellán del convento a darme la extremaunción, me negué. Cerré los ojos y esperé a que pasara aquel largo crepúsculo. ¡Qué larga fue aquella noche! Es cierto, ¡qué larga, ahora la recuerdo! Aún veo la habitación de altísimos techos, sus recios muros en la penumbra, dibujados de umbrías siluetas que las velas hacían bailar. Y a mi alrededor las monjas con sus hábitos oscuros y el rostro encogido. Revivo el momento en que corrí la cortina de mis párpados para no verlas más. Me parece estar oyendo todavía el murmullo de sus rezos, aquel zumbido monótono que me acompañó durante horas y horas.

Ave Maria, gratia plena, Dominus tecum.
Bendita tu in mulieribus et benedictus
fructus ventris tui, Jesus.

La repetición sin fin de aquella larga letanía:

Mater Christi   Ora pro nobis
Mater purissima   Ora pro nobis
Mater castissima   Ora pro nobis
Mater inviolata   Ora pro nobis
Mater immaculata   Ora pro nobis
Virgo potens   Ora pro nobis
Virgo fidelis   Ora pro nobis...

¡Qué lenta llega la muerte! ¡Qué larga es la agonía cuando su presencia está tan cerca y te acecha y te sonríe y se burla de ti sin decidirse a tomarte en sus brazos! ¡Y qué dulce es, al fin, el momento en que te posee... te lleva... te aleja...! Es como un manto que te cubre lentamente, como una ola que te baña desde los pies a la cabeza y, cuando roza tus pies, ya no los sientes. Sube por tus piernas, y tus piernas se pierden; llega hasta tus manos, tu cintura, tu pecho, tus brazos, y ya no tienes manos ni cintura ni pecho ni brazos. Te recorre serenamente, de abajo arriba, apoderándose de ti y, a cada milímetro que avanza, sorbe el sufrimiento, bebe tu dolor, y ya no hay dolor. No hay nada. Tu cuerpo desaparece, sólo una chispa de conciencia te mantiene aún en la vida para oír aquellas voces a tu alrededor, voces ahogadas, voces distintas que ya no pertenecen a nadie.

Me llegó apagado el eco de la lluvia salpicando los cristales del inmenso ventanal, un tintineo de gotitas que oía alejarse lentamente, con infinita suavidad. A lo lejos, siempre a lo lejos, se oía el aullido prolongado de un animal que lloraba y, amortiguadas por el eco de la noche, sonaban cansinas las campanas tocando a muertos. Luego, sólo hubo silencio. Nada más. Sólo silencio.

7

Mi alma ha vagado en el tiempo hasta encontrar un nuevo cuerpo. Ha seguido su rumbo. Dando avisos, alertando, sumiéndome en la confusión. Y he despertado en medio de la oscuridad, pero pronto ha amanecido. Las imágenes se han abierto ante mí: he visto el Gave, la gruta..., todos los acontecimientos. He visto claro. Y entonces una amalgama de sensaciones punzantes se ha apoderado de mí haciéndome llegar al borde de la náusea. ¡Era cierto! Por eso Lourdes, por eso el tío Andrés, las peregrinaciones, las estatuillas fosforescentes... Y el doctor San Hilario, claro, qué lúcido era el buen hombre. Resuenan ahora en mis oídos aquellas palabras: «Enamórate de la Virgen», había dicho. ¡Cómo no se me había ocurrido! Todo encaja.

Y ahora, encerrada en estas paredes blancas, tras las ventanas enrejadas, veo el mismo escenario a través del tiempo. Ya nada es como antes. Ya no hay bosque, el pueblo no es el mismo.

Vagué sin rumbo fijo, perdida en la inmensidad de un tiempo que parece no pertenecerme. Tambaleándome, aturdida por la revelación, recorrí mi pasado con la esperanza de ver el camino. Entonces, de nuevo una llamada, una fuerza incontenible se apoderó de mí y, atraída por ese imán que dominaba mis piernas, bajé a la estación. Y allí estaban las camillas, las sillas de ruedas, aquella procesión de cuerpos deformes; tullidos y desahuciados camino de un baño de salvación, aparcados en los andenes esperando a que alguien les subiera al tren para iniciar la peregrinación. Allí estaban las enfermeras con uniformes blanquiazules, su sonrisa imperturbable; los *brancardiers*, luciendo su brazalete y sus músculos, cargando enfermos, animando a los acompañantes. Un hombre pequeño y regordete organizaba al personal y distribuía el material en los vagones. «Esto aquí, esto allí», ordenaba eufórico el pequeño creyente. «¿Será el tío Andrés?», pensé. No, imposible, el tío Andrés ya no se tiene en pie. Estuvo a punto de morir de cirrosis el año pasado y, aunque tiene siete vidas, la última la va a pasar sentado en un sillón revisando en el magnetoscopio sus antiguas peregrinaciones. ¡Se modernizó tanto el tío Andrés! En sus últimos viajes ya no le acompañaba la vieja Wojlander con fotómetro manual con la que sacó años y años de diapositivas. Se colgaba del hombro su pesado aparato de vídeo, y su ojo perseguía el trasero de las monjitas como años antes lo hiciera un diminuto clavo que nunca conseguimos apartar de la pared. Ahora se conforma con ver en la pequeña pantalla los *week-ends* religiosos de sus allegados y se emociona viendo a los nuevos camilleros, jóvenes y vigorosos, como él lo era, continuando su camino. Desde su sillón, con una mantita de cuadros arropándole las piernas y un ligero tembleque en la mano derecha. Así va a pasar lo que le queda de vida.

¿Dónde pasaré yo el resto de mis días?

172

La caravana partió en medio de una festiva algarabía. Pañuelos al viento, besos al aire, aleluyas victoriosos y vivas a la Virgen y a la santa. Me subí al tren en el último momento, después de estar de pie más de una hora observando todos sus movimientos. La locomotora emitió un alarido triunfal antes de iniciar su marcha y el griterío de la minusvalía se alzó como un himno. Se agitaron por las ventanas las manos y los pañuelos de los sanos despidiéndose en nombre propio y en representación de aquellos que no podían. Y los besos, los cuídate, los escríbeme una postal volaron como palomas alrededor del ferrocarril.

Los acompañé en completo silencio, agazapada en un rincón del vagón, oyendo sus cánticos religiosos, que amenizaron las no sé cuántas horas de trayecto. Melodía disonante al chasquido rítmico que emitía el tren frotando las vías. Todos esos cánticos me eran conocidos. Los recuerdo sin duda; música de fondo de una infancia perdida y amenazada. ¿Dónde quedó el misalito Regina que me regalaron para mi comunión, con sus hojas de papel de arroz y sus bordes dorados? Tenía tres cintas de colores para señalar los puntos de la lectura, una amarilla, otra roja y otra verde. ¡Qué bonito era!

Recorrí, después, las calles del pueblo. Aún quedan en pie algunos de sus viejos muros, sólo para recordarme que fue cierto. La bajada del cementerio, la plaza de la iglesia o el camino del bosque no son ni sombra de lo que fueron. Una autopista sustituye a lo que antes fue la pequeña carretera festoneada de boj y acacias silvestres y en el lugar del bosque se abre una inmensa llanura de cemento donde los feligreses se amontonan a la espera del milagro.

Al llegar a la amplia explanada, una ingente variedad de deformidades se extendía hasta la entrada de la gruta. Los camilleros dirigían con orden a los enfermos hacia el baño obligado en las piscinas de agua bendita. En casa siempre había agua bendita. El tío Andrés me traía botellitas de plástico con la forma de la Virgen. Se desenroscaba la cabeza y el agua de Lourdes salía por el cuello de la imagen decapitada. Me producía angustia, así que agotaba pronto el contenido para no tener que volver a abrirla. Entonces él me decía:

—Llénala en la iglesia con agua de la pila bautismal.

¡Qué persecución! No supe entender el por qué de aquellas llamadas repetidas. Ha sido necesario un largo letargo, una lenta agonía para despertar. ¡Todo está tan claro ahora!

Al fondo estaba la gruta y ella en su hornacina, con el mismo manto blanco, el lazo azul rodeando su cintura. ¡Estaba allí! ¡La vi! Al fondo, detrás de aquel ejército de enfermos, monjas, enfermeras, acompañantes, vendedores de estampas, escapularios y estatuillas. Detrás de aquel zoco del milagro, se iluminaba, otra vez, sólo para mí.

—*Qué y eï!* —exclamé—. ¡Hela ahí! Me sonríe.

Y caminé hacia adelante animada por los coros de cientos de peregrinos que entonaban el Avemaría, guiada por aquella flama, atraída por el imán del tiempo, por el hechizo del recuerdo. Con el deseo de abrazarla como entonces.

—¡Me llamáis a vos, por fin, señora!

Me eché a sus brazos, como entonces lo hacía, esperando aquel torbellino de pasiones. No oía el escándalo que se organizaba a mi alrededor. Su voz me llamaba otra vez.

—Aquí estoy, mi señora —gemí—, ya nada podrá separarnos.

Pero los gritos alertaron a los gendarmes que vigilaban aburridos el recinto. Los enfermos se estremecían, los niños lloriqueaban, aullaban los contrahechos desde sus camillas y los sanos reclamaban la presencia de la autoridad.

—Pero ¿qué hace? —exclamaban—. ¿Qué está haciendo? ¡Que llamen a los guardias!

—*Gendarmerie, ici, gendarmerie!*

No se dieron cuenta de que era yo, pobres ignorantes, y llegaron hasta mi a empujones, me arrancaron de entre sus brazos con violencia, en medio de gritos y amenazas. La imagen voló por los aires, se estrelló contra el suelo. Por su culpa. Fue por su culpa. Estalló en mil pedazos, mientras seguían los berridos, las sacudidas y el desconcierto. En cada uno de aquellos trocitos veía yo resplandeciente su sonrisa.

—Pero ¿dónde está su ropa? —bramaba el que debía de ser el comisario.

Me recordó a Jacomet, pobre infeliz.

Mientras me sacaban a rastras de allí, entre cuatro varones, yo no paraba de girarme hacia la gruta, como la tarde en que me llevaron al molino de Savy, como el día en que partí para el convento de San Gildard.

No pretendo que me crean. No intento siquiera convencerles de que me dejen ir. Me han encerrado entre estas cuatro paredes blancas donde ni siquiera me acompaña una pequeña estatuilla. Pero éste debe de ser el único lugar del mundo donde los pájaros cantan de noche. ¡Y es tan hermoso oírles en la madrugada!

Insisten con sus preguntas. Me hacen reír. ¡Otra vez! He superado ya tantos interrogatorios parecidos. Están desconcertados, lo sé, como lo estuvo el procurador y el alcalde y el barón de Massy. ¡Qué le voy a hacer! Vienen cada mañana con sus instrumentos, sus carpetas, sus papeles y sus asépticos uniformes. Limpios, blancos, inmaculados. Me piden otra vez que relate los hechos y yo repito, de nuevo, aburrida la misma historia. Entonces, anotan, comentan, se debaten en una verborrea incomprensible.

Ya ha amanecido, no tardarán en volver. Sí, ahí están de nuevo. Oigo pasos tras la puerta, oigo sus voces. Sus comentarios resuenan en el silencioso pasillo al que da mi habitación. ¿Quién habrá venido? ¿A quién querrán mostrarme esta vez?

—Repite una y otra vez la misma historia. Siempre las mismas fechas, los mismos lugares... —oigo la voz clara del que dirige la pequeña comitiva de esta mañana—. Y todos los datos son auténticos.

—Seguramente se trata de una extraordinaria memoria —dice otro.

—Aun así —replica—, es excesivo.

—¿Qué vamos a hacer? —pregunta una tercera voz.

Al cabo de un instante, se abre la puerta. No he podido entender el resto. Nunca conseguí dominar el francés. Tampoco en esta vida.

—¿Va a venir el párroco? —les pregunto.

—¿Qué «pággoco»? —dice el que lleva el estetoscopio.

—El de Bartrès —le contesto.

Barcelona, 1989 - París, 1991

176

Ultimos títulos

19. **Mi madre**
Georges Bataille

20. **Los amores prohibidos**
Leopoldo Azancot

21. **Diez manzanitas tiene el manzano**
«Ofèlia Dracs»

21. **Deu pometes té el pomer** (edición catalana)
«Ofèlia Dracs»

22. **Mater amantissima**
José Jara

23. **Cruel Zelanda**
Anónimo

24. **Amor burgués**
Vicente Muñoz Puelles

25. **Madame Edwarda** seguido de **El muerto**
Georges Bataille

26. **Anacaona**
Vicente Muñoz Puelles

27/1. **Mi vida y mis amores I**
Frank Harris

27/2. **Mi vida y mis amores II**
Frank Harris

27/3. **Mi vida y mis amores III**
Frank Harris

27/4. **Mi vida y mis amores IV**
Frank Harris

28. **La bestia rosa**
   Francisco Umbral

29. **Fritzcollage**
   Pedro Sempere

30. **Nueve semanas y media**
   Elizabeth McNeill

31. **Amor & Tarot**
   Esteban López

32. **Ella o el sueño de nadie**
   Mauricio Wacquez

33. **Beacul**
   S. G. Clo'zen (seudónimo)

34. **El hombre sentado en el pasillo**
   Marguerite Duras

35. **Historia de O**
   Pauline Réage

36. **Duende nocturno**
   Arnauld Delacompté

37. **Tres días/Tres noches**
   Pablo Casado

38. **Opus pistorum**
   Henry Miller

39. **Cuentos inenarrables**
   Aldo Coca

40. **El mal de la muerte**
   Marguerite Duras

41. **El último goliardo**
   Antonio Gómez Rufo

42. **Emmanuelle**
   Emmanuelle Arsan

43. **Las cartas de Saguia-el-Hamra, Tánger**
   Vicente García Cervera

44. **El azul del cielo**
   Georges Bataille

45. **El matarife**
   Rafael Arjona

46. **Sor Monika**
   E.T.A. Hoffmann

47. **Ligeros libertinajes sabáticos**
Mercedes Abad

48. **La nina russa** (edición catalana)
Anna Arumí i Bracons

49. **El pecador impecable**
Manuel Hidalgo

50. **Diario de un gran amador**
Alberto Lattuada

51. **Retorno a Roissy**
Pauline Réage

52. **Ceremonia de mujeres**
Jeanne de Berg

53. **El vaixell de les vagines voraginoses**
Josep Bras

53. **El bajel de las vaginas voraginosas**
Josep Bras

54. **Siete contra Georgia**
Eduardo Mendicutti

55. **El hábito del amor**
Anne Cumming

56. **Memorias de Dolly Morton**
Anónimo

57. **La esposa del Dr. Thorne**
Denzil Romero

58. **Elogio de la madrastra**
Mario Vargas Llosa

59. **La filosofía en el tocador**
Marqués de Sade

60. **El coño de Irene; seguido de El instante
y Las aventuras de Don Juan Lapolla Tiesa**
Louis Aragon

61. **Las edades de Lulú**
Almudena Grandes

62. **Las amistades peligrosas**
Pierre Choderlos de Laclos

63. **Amatista**
Alicia Steimberg

64. **La novela de la lujuria**
    Anónimo

65. **Mlle. Mustelle y sus amigas**
    Pierre Mac Orlan

66. **Pubis de vello rojo**
    José Luis Muñoz

67. **La caza del zorro**
    José María Alvarez

68. **Las comedias eróticas**
    Marco Vassi

69. **El Vizconde Pajillero de los Cojones Blandos**
    Benjamín Péret

70. **Memorias de un librero pornógrafo**
    Armand Coppens

71. **Alevosías**
    Ana Rossetti

72. **La última noche que pasé contigo**
    Mayra Montero

73. **Historia de R.**
    Gaia Servadio

74. **Historia de una prostituta vienesa**
    Josefine Mutzenbacher

75. **Las 120 jornadas de Sodoma**
    Marqués de Sade

76. **Confesión sexual de un anónimo ruso**
    Anónimo

77. **La alfombrilla de los goces y los rezos**
    Li Yu

78. **La esclava instruida**
    José María Alvarez

79. **Yo necesito amor**
    Klaus Kinski

80. **En busca del amor**
    Anne Cumming

81. **Entre todas las mujeres**
    Isabel Franc